KB074316

이 책에 사용된 그림은 제임스 맥닐 휘슬러의 작품입니다.

도란도란

그날 우리가 나눈
다정한 대화들

월간
정여울

천년의상상

차례

10 　들어가는 말 도란도란, 소곤소곤, 속닥속닥

16 　기억이 스토리로 변하는 순간, 무엇이 사라지는가

24 　나의 지극히 사소한 버킷리스트

38 　가족의 자격, 가족의 정의를 넘어서는 모험

52 　세계사를 쥐락펴락한 100세 노인,
　　　나이의 계급성을 뛰어넘다

60 　조금 불편하더라도 더 나은 세상을 향해 한 걸음

66 　난생卵生의 동경에서 포유류의 긍정으로

76 　죽은 자의 복수, 산 자의 삶을 빼앗다

92 　찰칵찰칵, 머물고 싶은 순간을 담아내는 소리

98 개발의 가치에 가려진 삶의 흔적을 찾아서

108 먼 훗날의 유토피아는 필요 없어

116 인간의 가치를 위협하는 사물의 힘

128 이토록 시적인 비닐봉지가 있다니

136 그랜드 투어, 세상을 배우려는 꿈의 결정판

144 삼인삼색 여행기를 통해 나의 여행을 그리다

152 마음의 도서관에 책을 남기는 방법

158 사이의 존재들을 향한 공포와 매혹

174 10월의 화가 제임스 맥닐 휘슬러

그날
우리가
나눈
다정한
대화들

들어가는 말

도란도란, 소곤소곤,
속닥속닥

　　　　　　　　　　　　처음 부모님으로부터 독립을 했던
시절, 가장 그리웠던 것은 가족들의 대화 소리였다. 혼자 있
는 시간이 갑자기 많아지다 보니, 처음에는 그 엄청난 떠들
썩함에서 놓여나 맞이하는 고독이 좋았지만 점점 더 사람들
의 목소리가 그리워졌다. 얼마나 사람의 말소리가 그리웠으
면 예전에는 거들떠보지도 않던 아침 드라마를 틀어놓고 배
우들의 대화 소리를 음악처럼 들으며 논문을 쓸 정도였다.
가끔은 우리 집의 지나친 왁자지껄함에서 벗어나 정말 혼자
있고 싶은 느낌이 들곤 했는데, 막상 혼자가 되니 사람은 고
독과 연대감을 동시에 필요로 하는 양면적 존재라는 것을

온몸으로 실감했다. 내가 공부한답시고 내 방 안에 틀어박혀 있으면 동생들이 나를 방해하지 않기 위해 조심하며 '도란도란' 이야기를 나누는 목소리가 그리웠다. '소곤소곤' 이야기를 나누어도 얇은 나무 문 사이로 대화의 내용이 다 들리긴 했지만, 바로 그 조심스러운 대화, 나를 배려하는 대화, 그러면서도 어차피 탄로 날 것이 빤한 그 투명한 말들의 멜로디가 그리웠던 것이다. '속닥속닥' 내 뒷이야기를 하는 엄마와 동생의 수다까지도 그리워지는 시간, 그것은 홀로 외로움을 견디는 시간이 가르쳐준 대화의 소중함이었다.

왁자지껄함과 떠들썩함이 늘 반가운 것은 아니지만, 때로는 그런 소란스러움 속에서 관계의 소중함, 연대의 의미를 배우게 된다. '도란도란, 소곤소곤, 속닥속닥'은 할 말을 다 하면서도 소리의 강도를 줄이는 조심스러움과 타인에 대한 배려가 들어가 있기에 더욱 소중한 의태어다. 돌이켜보면 나를 키운 것은 책상 위에 틀어박혀 묵독과 정독만 하는 독서법이 아니라 혼자 있을 때조차 혹시라도 너무 외로울세라 또박또박 소리 내어 글을 읽는 낭독, 그리고 좋은 사람들과 나누는 아름다운 대화였다. '도란도란, 소곤소곤, 속닥속닥'의 아름다움은 결코 혼자서는 이룰 수 없는 대화와 소통의 무늬다. 요즘은 많은 사람들이 직접 통화하는 것보다는 문자메시지나 SNS로 소통하다 보니 다정하게 이야기를 나누는 '소리'만이 만들어낼 수 있는 고유의 울림이 그리워진다. 격앙된 술자리의 떠들썩한 대화 소리보다는 커피나 차를 마시며 도란도란 가슴속 이야기를 나누는 따스한 소통의 질감이 못내 그리워진다.

돌이켜보면 나를 철들게 한 텍스트의 '팔 할'은 아름다운 대화가 있는 풍경이었다. 사막에서 불시착한 비행기 조종사가 어린 왕자를 만나 오아시스를 찾으며 나누는 '존재를 진정으로 길들이는 법'에 대한 철학적인 대화, 끝도 없이 수다의 향연을 펼치는 빨간 머리 앤과 엄격하고 도도하면서도 지적인 마릴라의 다정한 대화, 문장 하나하나에 격정적인 사랑의 본질을 담아내는 로미오와 줄리엣의 대화에 이르기까지. 브론테 자매의 영혼 깊숙이 화살처럼 박히는 격렬한 대화는 또 어떤가. 자신이 못생기고 보잘것없고 누구의 눈에도 띄지 않는 존재라고 해서 얼마든지 무시하고 짓밟아도 되는 존재가 되는 것은 결코 아님을 항변하는 제인 에어의 반짝이는 눈빛은 그녀의 또랑또랑한 목소리를 통해 얼어붙은 로체스터의 심장을 단번에 사랑의 불길로 녹여버린다.

『폭풍의 언덕』에서 캐서린과 히스클리프가 나누는 대화는 다른 등장인물들의 일상적 대화와 다르다. 두 사람의 대화는 듣는 이의 폐부를 찌르는 뼈아픈 깨달음과 격정의 울림이다. 목숨 걸고 사랑하지 않고서는 도저히 표현할 수 없는 간절한 고백의 언어다. 히스클리프와 캐서린의 대화는 비록 저주와 증오가 깃들어 있는 순간에도 처절하게 아름답다.

　이렇듯 아름다운 대화가 깃든 문학은 인간 정신의 풍요로움을 드러내는 최고의 문화적 자산이 된다. 외로움이 파도처럼 밀려들 때, 턱없이 지치고 앞으로 나아갈 길이 보이지 않을 때, 나는 아름다운 문학 작품 속의 대화를 떠올리기도 하고, 소중한 이들과 나눈 대화를 떠올려본다. 도스토옙스키의 『지하로부터의 수기』에서 주인공에게 다정하게 말을 걸어주는 사람이 있었다면, 그는 그토록 처절한 어둠 속에서 광기와 우울을 자양분으로 삼아 하루하루를 버텨내지 않아도 되었을 텐데. 어쩌면 '우리가 얼마나 아름다운 삶을 사는가'는 우리가 나눈 따스한 대화들로 판가름 날지도 모르겠다. 누구라도 듣기 좋게 마치 아름다운 음악 소리처럼 굽이쳐 흐르는 대화의 영롱함이 그리워지는 요즘이다. 도란도란, 소곤소곤, 속닥속닥 이 아름다운 의태어들은 인간의 일상적 대화를 아름다운 음악의 경지로 승화시킨다.

　『도란도란』을 기획하며 고민에 빠졌다. 이미 도란도란 대화 삼매경에 빠져 있을 듯한 다정한 그림을 고를까, 아니면 조금 새치름해 보이지만 왠지 모르게 도란도란 말을 걸어보고 싶은 신비로운 사람들을 그린 그림을 고를까. 이미 다정해 보이는 사람들의 따스한 풍경도 좋지만, 많이 외로워 보이는 사람들, 어쩌면 외로움을 선택한 것처럼 보이는 사람들, 그러니까 우리가 어렵게 용기를 내어 말을 걸어야만 간신히 아주 조그마한 목소리로 대꾸를 해줄 것 같은 그림 속 인물들에게 마음이 가기 시작했다. 그런 의미에서 제임스 맥닐 휘슬러의 그림은 내게 난공불락의 거리감을 주던 신비로운 대상이었고, 그리하여 더더욱 '도란도란' 다정한 말을 걸고 싶은, 너무 멀게 느껴져서 오히려 더욱 한마디라도 그들의 말을 들어보고 싶은 간절한 열망을 불러일으키는 작품들이었다. 이미 시끌벅적 대화를 나누고 있는 행복해 보이는 사람들보다는, 살짝 외롭고 우울하며 차가워 보이는 사람들에게 도란도란 들려주고 싶은 이야기들을 이 책에 담았다. 언젠가 당신과 내가 만날 수 있다면, 오래오래 쓸쓸함을 견딘 당신과 나누고 싶은 소담스러운 이야기들을 이 책에 담아 띄워 보낸다.

너무 멀어 다가가기 힘든 대상에게
아련한 그리움을 느끼는 가을날의 오후,
그립지만 연락하지 않는 시간도
아름답다고 생각하며,
내 작은 은신처에서
2018년 10월, 정여울

기억이
스토리로
변하는 순간,
무엇이
사라지는가

어떤 책은 숲속의 벤치처럼 달콤한 휴식을 전해주고, 어떤 책은 새로 맞춘 안경처럼 세상을 이전과는 전혀 다른 날카로운 눈빛으로 바라보게 해준다. 오카 마리의 『기억·서사』는 내게 바로 그렇게 새로 맞춘 안경처럼 삶을 향한 새로운 시야를 열어주었다. 이 책을 읽은 뒤, 기존에 읽었던 이야기들을 떠올려보니 익숙한 스토리도 전혀 다른 풍경으로 다가왔다. 예컨대 『피터 팬』에서 후크는 분명 악당이지만, 후크의 입장에서 보면 피터 팬은 평화로운 삶을 위협하는 존재이자, '나는 늙어가고 있고, 언젠가는 죽을 것이다'라는 어른의 공포를 환기시키는 위험한 존재다. 피터 팬은 영원히 늙지 않기에 후크 선장의 이 노화와 죽음에 대한 공포를 결코 이해하지 못한다. 후크의 입장에서 피터는 자신의 뼈아픈 콤플렉스를 더욱 자극하는 얄미운 존재일 수밖에 없었던 것이다. 버나드 쇼의 희곡 『피그말리온』은 신화 속 전설적인 예술가 피그말리온의 입장이 아닌 그가 만든 조각상-여인 갈라테이아의 입장에서 본다면 '창조주가 아무리 피조물을 사랑할지라도, 피조물은 창조주를 결코 사랑하지 않을 수도 있다'는 통쾌한 반전을 선사한다. 그리스 신화에서 갈라테이아는 조각상에서 여인으로 변신하며 마치 당연한 듯이 피그말리온의 연인이 되지만, 버나드 쇼의 희곡 『피그말리온』에서는 갈라테이아의 분신이자 현대적 캐릭터인 일라이자가 자신을 길에서 꽃 파는 여인에서 완벽한 숙녀로 변신시켜준 창조주 히긴스 박사를 오히려 증오한다. 그리스 신화에서 이야기를 만들어가는 주체는 철저히 남성 중심적이었지만, 버나드 쇼의 『피그말리온』에서 관심의 초점은 바로 '남성의 손으로 만들어지고 해석되고 그리고 반드시 사랑을 되돌려줄 것으로 기대되었던 여성'의 입장이었던 것이다. 기억은 스토리를 만들어가는 '주체'의 입장에서 왜곡되고, 그 주체 중심적 서사에서는 반드시 욕망의 사각지대가 발생하는 것이다.

이 책에서는 다양한 문학 작품을 통해 '기억하는 자'와 '기억당하는 자'의 필연적인 갈등, '기억을 스토리로 만들어가

는 주체'의 이기심과 '기억에 의해 편집되고 왜곡되는 대상'
의 소외를 발견할 수 있다. 가장 오래 기억에 남은 작품은 바
로 발자크의 『아듀』라는 작품이었다. 나폴레옹 전쟁이 끝
난 후, 남자 주인공 필리프는 옛사랑 스테파니를 다시 만난
다. 그토록 아름다운 백작 부인이었던 그녀는 '아듀(안녕)'라
는 말만 주문처럼 반복하는 미친 여자가 되어 있었다. 프랑
스군이 후퇴할 무렵, 필리프와 스테파니 그리고 그녀의 남
편 방디에르 백작은 러시아군에 포위당했고 나룻배에는 두
사람의 자리밖에 없었다. 필리프는 어쩌면 마지막일 수도
있는 그녀와의 만남을 뒤로하고, 용기를 내어 그녀와 그녀
의 남편만을 배에 태워 떠나보낸다. 그녀가 주술처럼 반복
하는 '아듀'라는 단어는 그녀의 마지막 인사였던 것이다. 그
녀의 기억은 '아듀'라고 외치며 사랑하는 연인에게 작별을
고하고 마음속으로 피눈물을 흘렸던 그때 그 시간에 멈추어
있었던 것이다. 도대체 그녀에게 무슨 일이 일어났을까. 탈
출 도중에 남편을 잃은 그녀는 적군에게 붙잡혀 2년 동안 적
군 부대의 성 노예로 전락했다. 그녀는 차라리 제정신을 잃
어버림으로써 간신히 목숨을 부지할 수 있었던 것이다. 필
리프는 그녀의 기억을 찾아주기 위해 무슨 짓이든 했다. 마
지막으로 택한 최후의 방법은 그들이 마지막으로 헤어졌던

러시아 평원을 모방한 거대한 세트를 만들어 이별의 풍경을 그대로 재현하는 일이었다. 그녀는 극적으로 기억을 되찾는 다. 하지만 필리프가 그녀를 떠나보내는 그때 그 시간을 재현하자마자, 그녀는 '아듀'를 외치며 죽어버리고 만다. 기억을 복원하려는 주체(필리프)의 욕망은 기억을 잊어야만 살아남을 수 있는 대상(스테파니)의 마지막 생명 줄을 끊어놓고 만 것이다. 그는 그녀의 기억을 되살리는 대가로 그녀를 영원히 잃어버린다.

  이 책은 문학 작품이나 영화뿐 아니라 '내가 사는 세계'를 바라보는 새로운 시각을 주었다. 걸핏하면 상처받고 오해받는 일에 지쳐버린 채, '내 감정의 밀실'에 틀어박혀 타인과의 소통으로부터 도피했던 나에게, 내가 아닌 관점에서 사건과 감정을 바라보는 훈련이 필요함을 일깨워주었다. 그것은 훈련이기도 했지만 때로는 두려운 모험이었고 뒤늦은 후회이기도 했지만 결국은 조금이라도 더 나은 사람이 되기 위한 몸부림이었다. 이제 나는 '나의 관점에서 이 이야기가 어떻게 보이는가'에 얽매이지 않으려 한다. 타인의 관점에서, 특히 나와 다른 관점을 가진 사람의 입장에서 이 상황이 어떻게 보일까를 상상하면, 비로소 문제 해결의 실마리가 보이

곤 한다. 이 책은 아무리 감동적이고 위대한 스토리라도 그
안에 사랑이나 증오의 '대상'이 되는 존재의 관점에서는 그
스토리 자체가 폭력이나 억압의 사슬이 될 수 있다는 사실
을 일깨운다. 타인의 아픔을 상상할 수 있다면, 타인에게 상
처 주는 일 또한 멈출 수 있다. 다르게 볼 줄 알면, 비로소 다
르게 살아갈 수 있다.

나의
지극히
사소한
버킷리스트

　몇 년 전부터 '죽기 전에 꼭 가봐야 할 세계적 명소 베스트 100', '죽기 전에 꼭 들어야 할 음악 베스트 1000'이라는 식으로 수많은 버킷리스트들이 유행했다. 사람들 마음속에 도사린 절박함에 호소하는 이 리스트들은 상업성이 짙지만, 그럼에도 불구하고 거부할 수 없는 매력이 있다. 리스트 자체가 완벽해서가 아니라 '나 자신을 향한 물음'을 던지도록 몰아붙이기 때문이다. 나는 죽기 전에 꼭 해야 할 일들을 계획해본 적이 있는가. 항상 죽음을 생각하는 삶은 얼마나 절박한가. 언제 죽을지 모르는 삶에서, 바로 오늘 죽더라도 조금이나마 후회를 덜 수 있는 버킷리스트는 무엇일까. 결국은 죽음을 항상 염두에 두는 삶이 스스로에게 가장 진실할 수 있는 길이 아닐까. 버킷리스트는 내게 이런 질문들을 던지게 만든다.

하지만 '죽기 전에 꼭 가봐야 할 세계적 명소 베스트 100', '죽기 전에 꼭 들어야 할 음악 베스트 1000', '죽기 전에 꼭 봐야 할 영화 베스트 1000' 등의 어마어마한 리스트를 실천하는 것은 쉽지 않다. 너무 거창할 뿐 아니라 리스트를 지키는 일 자체가 또 하나의 스트레스가 되니 말이다. 이 세상의 수많은 버킷리스트들을 지켜보면서, 나만의 버킷리스트는 무엇일까를 고민해보았다. 내 삶의 온도를 바꾸었던 순간들을 되돌아보면, 대단한 계획이 아니라 뜻밖의 우연으로 이루어진 사소한 경험들이야말로 인생의 결정적인 전환점이었다. 그래서 나는 많은 돈을 쓰지 않고도, 많은 시간을 들이지 않고도, 우리 일상 속에서 실천할 수 있는 나만의 작고 소소한 버킷리스트를 고민하게 되었다. 돈과 시간보다도 '마음'과 '몸'을 쓰게 만드는 버킷리스트, 매우 사소하지만 우리 삶의 빛깔과 향기를 바꾸는 버킷리스트는 어떤 것일까.

낯선 사람의
초대에 응하기

긴 여행을 떠날 때 아쉬운 것은 '아

는 사람'이었다. '현지에 아는 사람이 한 명이라도 있으면 좋
겠다'는 생각이 들 때가 많았던 것이다. 물론 낯선 장소, 낯
선 문화를 경험하는 것은 언제나 가슴 설레는 일이지만, 아
무리 열심히 현지의 문화를 공부하고 예술 작품을 감상해도
'나는 이방인이구나' 하는 생각을 떨쳐내기 어려울 때가 있
다. 그럴 때 '낯선 장소를 향한 숨 막히는 거리감을 잠시나마
해소해줄 다정한 길잡이가 있으면 얼마나 좋을까'라는 생각
을 하게 된다. 헤르만 헤세의 고향 칼프에서는 '헤세의 친척
집'이라도 알고 있는, 그래서 헤세의 어린 시절 이야기를 들
려줄 현지인이 있었으면 좋겠다는 상상을 했고, 아테네에서
는 그리스 신화를 재미있게 들려주는 나이 지긋한 그리스인
할아버지가 곁에 있으면 좋겠다는 생각을 했다. '그 장소를
잘 아는 현지인'에 대한 로망은 여행자가 떨쳐내기 힘든 환
상이다. 책이나 인터넷으로는 알 수 없는 살아 있는 사람들
의 곰살궂은 이야기가 듣고 싶었다.

  '현지인 친구'가 가장 아쉬운 것은 국내 여행을 할 때였다.
몇 년 전부터 제주도의 매력에 푹 빠진 나는 갈 때마다 '제주
도에 아는 친구가 있었으면 좋겠다'는 생각을 했다. 그런데
얼마 전에 내 오랜 소원을 풀게 해줄 뜻밖의 초대를 받게 되

었다. 내 칼럼을 읽은 독자 한 분이 제주도 귤꽃 축제에 나를
초대해주신 것이다. 알고 보니 그분은 귤꽃 축제의 집행 위
원장을 맡고 계신 분이었고, 제주도에 정착하신 지 5년째라
고 했다. 제주도의 야생화를 그리고 싶다는 화가 A 씨와 4·3
평화문학상을 받은 작가 K 씨가 함께 초대되었다. 우리는
모두 처음 만났지만 '제주도를 사랑하는 사람들'이라는 아
주 만만한 공통분모 하나로 금세 친해졌다. 귤꽃 축제의 하
이라이트는 현악 사중주와 현대무용의 환상적인 결합이었
다. 5월이면 커다랗게 부풀어 올라 상큼하게 익는 하귤 열매
들이 마치 살아 있는 무대 조명처럼 길게 늘어서 있고, 어느
쪽으로 고개를 돌려도 은은한 귤꽃 향기가 행사장을 가득
채웠다.

귤꽃 향기는 한번 맡으면 잊을 수 없는 중독성이 있다. 열
매로 완숙된 귤과는 전혀 다른 향취다. 귤꽃 향기에는 코끝
을 간질이며 무언가를 향한 아련한 그리움에 잠기게 하는
낭만적인 구석이 있다. 이 귤꽃 향기에 취해 나는 3년 전부
터 제주도를 참새 방앗간 드나들듯 하며 마음의 아지트로
만들었다. 귤꽃 향기에 몽롱하게 취해 나는 J 선생의 제주도
예찬론을 흥미롭게 들었다. 이집트와 파나마 대사로도 일하

셨던 J 선생은 유럽과 미국, 아시아와 아프리카 등 거의 전
세계를 돌아다니셨지만 결국에는 제주도에 정착하셨다고
한다. J 선생이 부인과 함께 가꾼 정원으로 초대를 해주셔서
우리 일행은 기쁜 마음으로 응했다. 그러고 보니 잘 모르는
사람의 집에, 그것도 아침 식사에 초대를 받은 것은 생애 최
초의 경험이었다.

　다음 날 아침 우리는 5년 동안 J 선생 부부가 함께 가꾸어
온 정원에서 싱그러운 햇살을 들이마시며 조찬을 함께하게
되었다. 제주도산 고구마와 직접 키우신 블루베리로 만든
잼과 요구르트가 특히 맛있었던 정성스러운 조찬을 먹고 우
리는 두 분의 정원을 구경하게 되었다. 돌아보니 정원이라
기보다는 농장에 가까울 정도로, 엄청난 가짓수의 수종樹種
과 다채로운 꽃들이 가득했다. 2,000평에 가까운 넓은 땅에
수백 그루의 나무와 커다란 블루베리 농장과 이름 모를 야
생화들이 가득한, 살아 있는 무릉도원이었다. 서귀포 시내
에서 약간 벗어나 고근산로를 지나 한라산 정상이 훤히 드
러나 보이는 언덕배기에 자리 잡은 이 집의 이름을 짓느라
몇 년 동안이나 고심한 흔적이 역력했다. 나는 한라산이 한
눈에 보이는 절경이 너무 좋아 '두모악'이라는 한라산의 옛

이름을 이야기해드렸더니, J 선생은 즉석에서 '두모재'라는 이름을 제안하신다. 이제 제주도에 오면 이 아름다운 두모재에 잠깐이라도 들르고 싶다. 나에게도 '제주도에 아는 사람'이 생겼다. 이제 제주도는 내게 단순한 '여행지'가 아니라 '소중한 친구가 사는 장소'가 되었으니.

얼떨결에 첼로
이중주곡 연주하기

첼로가 이렇게 연주하기 힘든 악기인 줄 알았다면, 나는 처음부터 시작하지 않았을 것이다. 피아노는 '미mi' 건반을 누르면 정확히 누구라도 민주적으로 '미'라는 음을 들을 수 있지만, 첼로는 그렇지 않다. 첼로는 '미'라는 음을, 그것도 나만의 음색으로 만들어내야 한다. 처음 몇 달 동안은 손가락도 덜덜 떨리고 손목과 팔에 힘이 잔뜩 들어가 근육통을 느낄 지경이었다. 하지만 연주하는 순간만은 모든 것을 잊을 수 있다는 그 '망각의 힘'에 반해, 그리고 가끔씩 나의 첼로가 마치 뜻밖의 우연처럼 토해내는 아름다운 음색에 반해, 첼로를 그만두지 못하고 있었다. 나

의 버킷리스트 베스트 3위 안에 항상 들어가던 첼로 교습은
자세히 알아보니 그렇게 돈과 시간이 많이 드는 일은 아니
었다. 그렇게 부푼 꿈을 안고 첼로 연주를 시작했지만, 아직
도 자신 있게 남에게 내 연주를 들려줄 정도의 실력은 못 된
다. 그런데도 첼로를 그만두지 못하는 것은 첼로 소리만큼
이나 첼로 선생님을 사랑하기 때문이다.

　나의 첼로 선생님에게서는 '왠지 말 걸기 힘들 것 같은 음
대생의 도도함'이 전혀 느껴지지 않는다. 그녀는 솔직하고
거침없고 당당하다. 뭐든지 책으로 배운 소심한 나와는 달
리, 그녀에게는 항상 몸으로 무언가를 배운 사람 특유의 자
신감이 있다. 우리의 첫 만남부터 선생님은 내 손과 팔과 어
깨 등을 거침없이 '터치'했다. 활 잡는 법, 운지법 등을 배우
기 위해서는 당연한 일이었는데도, 나는 무척 신기했다. 친
구들과도 '팔짱을 끼거나 손을 잡는 정도'의 스킨십이 이루
어지기까지는 몇 개월이 걸리는데, 처음 보는 첼로 선생님
과 이렇게 빨리 친밀해질 수 있다는 것이 놀라웠다. 선생님
의 언어와 몸짓 하나하나가 신기하고 재미있었다. 나는 곡
이 잘 이해되지 않을 때마다 선생님께 '한 번만 연주해주시
면 안 될까요?' 하고 「장화를 신은 고양이」의 고양이처럼 간

절한 눈빛을 보낼 때가 많았는데, 그때마다 선생님은 망설이지 않고 거침없이 자신의 연주를 들려주었다.

  나의 꿈은 언젠가 선생님과 아주 조촐한 자리에서 첼로 이중주에 도전해보는 것이다. 그러기엔 내 실력이 워낙 형편없기에 아직 선생님께 발설하지는 못했다. 하지만 생각해보니 우리는 벌써 '두 사람만의 첼로 이중주'를 매주 경험하고 있다. 누군가 들어주는 사람은 없지만, 우리 두 사람은 서로의 멜로디를 들음으로써 연주자도 둘, 청중도 둘인 작은 음악회를 연다. 선생님 댁 아파트는 엘리베이터가 없어 그녀는 무려 5층이나 되는 계단을 걸어서 오르내리며 그 무거운 첼로를 메고 우리 집에 방문한다. 비발디와 쇼팽, 바흐의 곡들을 연습 중인 몇 달 전부터 선생님과 나는 우리 집 거실에서 이중주를 하기 시작했다. 선생님이 안정된 연주로 탄탄히 베이스음을 넣어주시면 나는 서툴게나마 멜로디를 연주하며 우리 둘의 하모니가 매번 조금씩 아주 조금씩 나아지는 경험을 하고 있다. 무반주로 연습할 때보다 훨씬 든든한 느낌, 마치 내가 '음악 세계'의 일부에 기꺼이 참여하는 느낌이 좋다. 내 서툰 연주에도 선생님이 베이스음을 받쳐주시면 왠지 그럴듯한 하모니가 이루어진다. 마치 든든한 초석

을 만난 어린 꼬마 돌멩이처럼 이 따스한 멜로디의 반석 위
에 내 지친 몸을 누여도 좋겠다 싶다. 3년쯤 후에는 나도 '거
리의 악사'가 되어 삶에 지친 사람들에게 작은 오아시스 같
은 무료 연주회를 열 수 있을까. 이런 꿈을 꿀 수 있다는 것
만으로도 행복한 걸 보니, 내 방 안에서 매주 열렸던 은밀한
첼로 이중주 공연은 확실히 나의 우울을 치유해준 것 같다.

낯선 사람과 함께
하염없이 기다리기

                               몇 해 전 영국에 체류 중이었을 때
나는 에든버러에 머무르며 스코틀랜드 문화의 매력에 흠뻑
빠져 있었다. 하지만 날씨가 워낙 춥고 바람이 많이 불어 여
름 성수기 여행처럼 자유롭게 쏘다닐 수가 없었다. 그날은
유난히 으슬으슬 몸이 춥고 몸살이 덮쳐올 듯하여 일정을
하나 취소하고 카페에 들어가 따뜻한 차 한 잔을 시켰다. 그
런데 창밖으로 심상치 않은 실루엣이 보였다. 열대여섯 살
정도밖에 되어 보이지 않는 소녀가 맹인 안내견과 함께 신
호등 앞에서 벌벌 떨고 있는 것이었다. 처음에는 그녀가 신

호등이 바뀌기를 기다리는 줄 알았다. 하지만 몇 번이나 신호가 바뀌어도 그녀는 그 자리에 그대로 있었다. 나는 그녀가 누군가를 기다리고 있다는 것을 알게 되었다. 이 추운 날 그녀는 누구를 기다리느라 저렇게 오랜 시간 밖에서 떨고 있을까. 걱정이 되어 자꾸만 창밖을 내다보게 되었다.

  이윽고 내가 주문한 음료가 나오고, 옆 테이블에서 주문한 파스타와 피자를 손님들이 다 먹을 때까지, 소녀가 기다리는 그 사람은 오지 않았다. 나는 점점 걱정이 되기 시작했다. 앞을 볼 수 없는 어린 소녀를 저렇게 오랜 시간 기다리게 하는 사람이 야속해지기 시작했다. 그녀의 충직한 안내견도 춥고 지루했는지 길바닥에 고개를 늘어뜨린 채 힘없이 주저앉아 있었다. 처음에는 안내견이 그녀를 지켜주는 것 같았는데, 지켜보고 있자니 점점 앞 못 보는 소녀가 오히려 안내견을 지켜주고 있는 것 같았다. 나는 내 목도리라도 꺼내 그녀의 시린 어깨에 감싸주어야 하는 것은 아닌지, 오지랖과 조바심이 함께 발동되기 시작했다. 하지만 낯선 외국인이 다가가 목도리를 둘러준다면, 그녀는 반가움보다 놀라움을 더 크게 느낄 것 같아 섣불리 행동할 수가 없었다. 그로부터 5분이 지나도, 10분이 지나도, 그녀는 거기에 그대로 서

있었다. 내가 기다리는 사람이 아닌데도 조바심이 나기 시
작했다. 에든버러의 겨울은 그날따라 더욱 혹독하게 느껴졌
다. 바람이 세차게 불어 도로 위의 입간판은 넘어지고 그녀
의 뺨이 추위로 발갛게 부풀어 오르는 것이 카페 안쪽에서
도 보일 지경이었다. 이제 더 이상 참을 수 없겠다 싶어 내가
목도리를 집어 들고 나가려는 순간, 마침내 그녀가 기다리
던 사람이 도착했다. 그 사람이 그녀를 반갑게 포옹하자 나
는 그제야 마음을 놓을 수 있었다. 입 모양만으로도 그녀를
그토록 오랫동안 기다리게 한 그 야속한 사람이 'I'm sorry'
를 연발하는 것을 볼 수 있었다. 그렇게 늦을 줄 알았다면 근
처 카페나 레스토랑 안에서 기다리게 했다면 좋았을 텐데,
왜 그러지 않았을까.

　눈먼 소녀가 기다리는 사람을 나 또한 함께 기다리는 그
오후만큼은 내가 '낯선 나라의 이방인'처럼 느껴지지 않았
다. 지금은 그때의 내 소심함이 후회된다. 다가가서 그녀에
게 목도리를 둘러주었더라면 좋았을 텐데. 누구를 기다리느
냐고 물어봐도 좋았을 텐데. 그녀를 걱정하는 시간 동안 나
는 잠시 내가 누구인지, 왜 그곳에 있었는지, 무엇 때문에 낯
선 나라를 헤매는지, 그 모든 나 자신을 향한 무거운 질문을

잊을 수가 있었다. 내가 돕고 싶은 것은 그녀였지만, 정작 나를 도운 것은 그녀였다. 앞을 볼 수 없는 그녀를 통해 나는 깨달았다. 나에게 소중한 깨달음을 주는 모든 순간들이 바로 나만의 버킷리스트라는 것을. 세계 일주나 마라톤 완주처럼 거창한 목표가 아니어도 좋다. 당신의 잠든 감각을 일깨우고, 잃어버린 정서를 되찾아주고, 새로운 사유의 스위치를 켜주는 모든 경험이 바로 우리들의 소중한 버킷리스트다.

가족의 자격, 가족의 정의를 넘어서는 모험

가족 하면 가장 먼저 떠오르는 이미지는 무엇일까. 화사
한 결혼사진이 떠오를 수도 있고, 단란한 가족사진이 떠오
를 수도 있다. 하지만 가족은 이혼이나 가정 폭력 같은 가
장 뼈아픈 트라우마의 기원이기도 하다. 가정은 우리를 가
장 행복하게 해주는 곳이기도 하고, 가장 극복하기 어려운
상처를 안겨주는 공간이기도 하다. 지극한 슬픔의 기원이면
서 동시에 지극한 행복의 기원이기도 한 가족. 이 서글픈 역
설은 가족의 무한한 친밀성에서 우러나온다. 세상에서 가장
가까운 사람들이기에 누구보다도 상처를 많이 주고받고, 누
구보다도 커다란 행복을 안겨주기도 한다. 우리는 가족이
혈연과 결혼으로 이루어진 집단이라 배웠다. 하지만 꼭 그
렇기만 할까. 혈연과 결혼이 과연 행복한 가족의 필수 요건
일까.

너 나한테
왜 이러는데?

영화 「가족의 탄생」은 가족의 정의, 가족의 자격이란 무엇일까를 조금 다른 각도에서 바라보게 한다. 이 영화의 주인공들은 걸핏하면 "네가 어떻게 나한테 이럴 수 있어?"라며 서로 힐난한다. 선경(공효진)의 불행은 엄마 탓, 애인 탓, 동생 탓이었다. 하지만 그들은 해일처럼 밀려드는 수많은 고통을 견디면서, 내 불행을 가족 탓으로 돌리는 일이 무의미함을 깨닫는다.

혼자 살아가던 미라(문소리)는 말없이 가출한 후 5년 만에 돌아온 동생 형철(엄태웅)을 반갑게 맞는다. 이제 다시 가족이 생기는구나, 뛸 듯이 기뻐할 뻔했던 그녀의 표정이 갑자기 어두워진다. 형철은 웬 중년 여인을 데려와 대뜸 아내라고 소개한 것이다. 무신(고두심)은 형철의 엄마뻘이지만 마음만은 20대. 능구렁이가 다 된 형철은 누나를 구워삶아 사업 자금을 뜯어내려 하고, 상처받은 미라는 장롱 속 통장을 더욱 꼭꼭 숨겨놓는다. 미라의 외로운 심사를 아는지 모르는지, 형철과 무신은 밤낮으로 낯 뜨거운 애정 행각을 벌이

며 미라를 더욱 외롭게 만든다. 가족이지만 남보다 더 멀게
느껴지는 남동생을 속수무책으로 바라보며 미라는 할 말을
잃는다. 미라에겐 끔찍한 민폐지만, 형철과 무신은 더없이
행복하다. 엄마 같은 아내와 아들 같은 남편은 우리가 알고
있던 가족의 경계를 살짝 무너뜨린다. 상당히 민망하긴 하
지만, 얼토당토않게 행복해 보이는 이 기이한 커플. 이들에
게 미라가 조금씩 마음의 문을 열려던 순간, 뜻밖의 불청객
이 또 찾아온다. 무신에게 "엄마!"라고 외치며 찾아온 낯선
소녀. 이 아이는 사실 무신의 딸이 아니라 '무신 씨 전남편의
전처의 딸'이란다.

　너무 복잡한 족보라 잠시 머리를 굴려 생각해보게 된다.
도대체 저 아이가 무신과 무슨 관계란 말인가. 사실 촌수로
따지면 아무 관계도 없다. 무신의 전남편이 무신에게 그 아
이를 '내버린' 것이다. 형철은 "우리 능력에 애 하나 못 키우
겠어?"라고 뻗대지만, 홀로 생계를 책임진 미라는 어이가 없
다. "무슨 능력? 넌 뭘 할 수 있는데? 만날 사고 치고 감방 가
고 그러는 거?" 미라에게 상처받은 형철은 집을 나가버리
고, 무신 또한 미라를 떠난다. 간신히 가족이 될 뻔했던 이들
은 과연 다시 만날 수 있을까. 그들은 틈날 때마다 서로 원망

했다. 네가 나한테 이럴 수 있어? 너 나한테 왜 이러는데? 이런 가슴 아픈 말들로. 이 '부서진 가족'이 서로에게 다가갈 수 없는 이유는 바로 이 억울함, 서운함, 분함 때문이다. 한때는 사랑했지만, 이제는 나에게 '피해'만 끼치는 가족. 남보다 못한 가족은 과연 헤어지는 것이 나은 것일까.

너 왜 이렇게
변했어?

이제 겨우 어설픈 가족이 될 뻔했던 세 사람, 아니 갑자기 나타난 소녀까지 합쳐 네 사람은 어떻게 되었을까. 관객에게 이런 질문을 남겨놓은 채, 카메라는 또 다른 '가족 아닌 가족'에게 다가간다. 선경은 자식이 둘이나 딸린 유부남을 사랑하는 엄마(김혜옥)를 도저히 받아들이지 못한다. 딸은 엄마를 매섭게 문전박대한다. "난 엄마만 보면, 이렇게 아무 일 없는 것처럼 나타나는 엄마만 보면, 그냥 확, 올라와." 엄마만 보면 구역질이 난다는 이 딸에게, 엄마는 무언가 간절히 할 말이 있는 것 같다. 엄마는 정체를 알 수 없는 커다란 여행 가방을 남겨놓고 떠난다. 엄마의 애인

이 나타나 엄마의 불치병 진단 사실을 알리자 선경의 반응
은 싸늘하다. "나, 울어야 돼요?" 엄마의 생물학적 딸이라는
이유만으로, 절대로 엄마의 죽음 따위 슬퍼하지 않겠다는 굳
은 결의다. 죽은 아버지를 그리워하는 선경은 엄마가 다른
남자를 사랑하고 아들 경석을 낳았다는 사실을 받아들이지
못한다. 그녀가 꿈꾸던 가족은 오래전에 붕괴하여버렸다.

  그녀는 가족을 버리는 것이 유일한 꿈이다. 일본에 일자
리를 알아보는 그녀는 오직 가족으로부터의 탈출을 지상
목표로 삼는다. 죽음을 앞둔 엄마에게, 그녀는 또 한 번 확
인 사살을 한다. "엄마가 나한테 675만 원 갚아야 하더라. 그
거 해결해줄 거지?" 엄마는 딸을 다 이해한다는 듯이, 선경
이 아무리 패악을 떨어도 화를 내지 않는다. 그녀의 눈에 비
친 엄마는 '그깟, 연애'에 미친 바람둥이고, 그녀의 눈에 비
친 아저씨는 끔찍한 불륜남일 뿐이다. 그런데 선경이 아무
리 발악을 하고 저주를 퍼부어도, 이 커플은 평온하기만 하
다. 함께할 수 있는 시간이 얼마 안 남았기 때문일까. 더욱
더 서로에 대한 사랑으로 빛나는 그들의 애틋한 눈빛. 선경
은 그것이 가장 끔찍한 고통이다. 날 아프게 한 저 나쁜 사람
들이, 진심으로 사랑할 리 없다고. 나만 빼고 그들만 행복한

것 같아, 선경은 더욱 지독히 위악을 떤다. 자신의 불행을 모두 남 탓으로 돌리는 그녀에게 질려, 남자 친구(류승범)도 그녀를 떠나버린다. 그녀는 자신을 보호하기 위해 고약한 냄새를 피우는 스컹크처럼, 온몸에 가시를 세우는 고슴도치처럼, 그렇게 주변에 아무도 다가올 수 없도록 삼엄한 보호망을 친다. "너 왜 이렇게 변했냐?" "난 안 변했어. 오빠가 변했어." 둘의 대화는 항상 이런 식의 악순환을 거듭한다. 하지만 쌍방 과실이다. 둘 다 서로 변했으면서 서로의 변화를 인정 못 한다. 변해버린 서로를 인정해주는 이해심도, 변했지만 있는 그대로 서로 사랑해주는 용기도, 이제는 없다.

선경은 모두의 호의를 밀어내면서도, 모두가 자기를 봐주기를 바란다. 너무 많은 사랑이 필요하기에, 오히려 더욱 지독하게 사랑을 밀어내는 아이러니. 그녀는 완벽한 행복을 바라기에, 저마다 상처 입어 마음이 조각난 사람들이 소박하게 끼워 맞추는 불완전한 행복의 퍼즐을 받아들이지 못한다. 신기하게도 선경이 볼 때마다 욕설을 퍼붓고 때리기까지 했던 경석은 선경을 극진히 따른다. 어린 경석은 본능에 따라 알아챈 것일까. 이 험난한 세상에 아버지가 다른 두 남매 경석과 선경, 둘만 남겨지게 될 운명을.

알고 보니 정체를 알 수 없는 커다란 가방은 그 자체가 마지막 유언이었다. 끝내 엄마와 마지막을 함께하지 못한 선경에게 남긴 엄마의 유품함에는 선경이 태어나 어른이 되기까지의 모든 과정이 고스란히 담겨 있다. 딸이 아무리 거부해도, 엄마는 변함없이 딸을 사랑해왔음을 증언하는 모든 시간의 흔적들이. 자신이 한사코 밀어냈던 엄마가 늘 변함없이 자신을 지켜주던 유일한 존재였음을, 선경은 그제야 깨닫는다. 모든 불운을 엄마 탓으로, 남자 친구 탓으로, 엄마와 연애하는 아저씨 탓으로 돌리며 투정만 부렸던 선경은 그제야 완벽한 혼자가 되었음을 깨닫는다. "엄마는 나에 대해 너무 몰라." 그녀는 엄마를 괴롭히고 싶을 때마다 버릇처럼 이렇게 말했다. 하지만 이제야 깨닫는다. 자신이야말로 엄마에 대해 잘 몰랐음을. 엄마는 나보다도 나를 더 잘 알고 있었음을. 혼자 남은 선경에게 이제 가족은 영원히 이룰 수 없는 꿈일까. 관객의 질문을 뒤로하고, 카메라는 또다시 새로운 주인공을 향해 초점을 이동한다.

헤픈 게
나쁜 거야?

영화의 시선은 '아직 가족이 되지 못한 어린 연인들'을 향해 옮겨간다. 시간이 많이 흘러 선경의 동생 경석(봉태규)은 어른이 되었다. 틈만 나면 경석을 괴롭히던 선경은 어엿한 어른이 되어 동생을 대학까지 보내주고, 엄마에 대한 씻을 수 없는 죄책감을 동생에 대한 사랑으로 조금씩 치유해온 듯하다. 경석은 채현(정유미)을 사랑하지만, 그녀가 '우리'와 '남들'을 구분하지 못하는 것 같아서 화가 난다. 채현은 누구에게나 지나치게(?) 친절하고, 넉넉지 않은 형편이지만 늘 타인을 돕는다. 선배들은 그녀에게 돈을 빌려 가서 걸핏하면 갚지 않고, 도움이 필요할 때마다 그녀를 손쉽게 불러낸다. 경석에게 사랑은 완벽한 독점이다. 그녀를 독점할 수 없다는 사실을 확인할 때마다 부아가 치민다. 경석은 채현이 남을 돕느라 자신과의 약속을 지키지 못할 때마다 폭언을 내뱉는다. "사람들이 너 좋아하는 거 아냐. 너 이용하는 거야. 넌 너무 헤퍼." 가족이 아닌 사람, 연인이 아닌 사람, 직접적인 관계가 없는 사람에게도 친절한 그녀. 그녀에게 가족이란 무엇일까. 그녀에겐 특별한 사람과 특별하지 않은 사람을 나누는 경계가 없는 걸까. "너 나 좋아하는 거 아냐. 좋아하는 사람한테 이렇게 무심할 수가 없어. 난 네 옆에 있으면 외로워서 죽을 것 같아. 넌 꼭 나 아니

어도 되잖아." 두 사람은 이별 위기를 맞지만, 우여곡절 끝에
채현의 집을 함께 방문하게 된다.

　알고 보니 채현의 집이 미라의 집이었다. 미라는 이제 남
동생마저 떠나버려 생판 남이 되어버린 무신을 버리지 않
고, 무신은 미라와 함께 채현을 이토록 어여쁘게 키워낸 것
이었다. 피 한 방울 안 섞인 세 사람은 그렇게 아름다운 가족
을 이루어 서로 아끼고 보살피며 살아가고 있었던 것이다.
채현이 그토록 남의 일에 아파할 수 있었던 건, 그녀가 늘
'생판 남의 사랑'을 통해 자랐던 아이였기 때문에 가능했던
것이 아닐까. 선경은 가족이 붕괴한 폐허 위에서 경석을 돌
보며 새로운 가족을 일구었고, 미라는 가족이 아닌 이방인
들만 모인 집의 안주인이 되어 그들을 가족보다 더 커다란
사랑으로 보듬어준다. 채현은 생모에게 버림받았지만, 엄마
보다 더 엄마 같은 엄마 '둘', 무신과 미라의 사랑을 듬뿍 받
아 머나먼 타인에게도 기꺼이 모성애를 베푼다.

　채현은 자신의 이런 성격을 싫어하는 남자 친구 경석에게
해맑은 눈빛으로 묻는다. 내가 좀 헤픈 것은, 인정한다고. 하
지만 정말 헤픈 게 나쁜 거냐고. "헤픈 게 나쁜 거야?" 어쩌

면 영화 전체의 화두를 품어 안은 이 질문이야말로 이 영화
의 백미일 것이다. 사람들은 '내 것, 내 사람'이 아닌 것을 향
해 정을 베풀 때 '헤프다'고 한다. 하지만 정말 헤픈 게 나쁜
걸까. '헤프다'라는 형용사의 뉘앙스는 미묘하다. 인간이 타
인에게 정을 베풀어도 되는 것과 안 되는 것 사이의 '기준'을
제시하는 것 같기도 하고, 그 기준 자체가 폭력적일 수 있다
는 가능성을 암시하는 말 같기도 하다. 하지만 누군가의 진
심 어린 애정이 타인의 시선에 '헤프게' 보인다면, 그 타인의
시선이야말로 야박하고 이기적인 것이 아닐까. 그토록 헤프
게 사랑을 퍼주는 사람들이 있기에, 우리가 사는 세상은 아
직 견딜 만한 것이 아닐까.

　우리는 이 세상이 자본주의사회라서, 모두가 내 가족, 내
일, 내 사람만 생각해서, 도망갈 곳이 없다고 믿는다. 하지만
정말 그럴까. 가족만이 아닌 타인을 생각하는 사람들이 있
어 이 세상은 뜻밖의 사랑, 뜻밖의 우정, 뜻밖의 선물로 넘쳐
난다. 자본주의사회지만 돈보다 더 중요한 것들을 생각할 줄
아는 채현이나 미라 같은 이들이 아직 남아 있기에, 세상은
이렇게 매일 무너지면서도 매일 되살아나는 것이 아닐까. 정
이 많고 헤픈 것이 나쁜 건 아니다. 오히려 사람들이 너무 헤

프지 못해서 탈은 아닐까. 신기하게도 이 영화를 보고 난 후, 나는 '가정의 달' 5월이 될 때마다, 자동으로 카네이션을 떠올리는 것이 아니라 「가족의 탄생」이라는 영화를 먼저 떠올리게 되었다. 그리고 스스로 묻는다. 나는 너무 내 가족, 내 일, 내 사람만 챙기는 '헤프지 못한' 사람이 아닐까. 넘치도록 헤프게 사랑을 퍼주는 순간, 혈연이나 결혼으로 맺어지지 않은 타인까지도, 어엿한 가족이 될 수 있다. 가족이니까 배려하는 게 아니라, 가족이 아님에도 배려하는 타인이 많아질 때, 세상은 더 사랑이 넘치는 가족애로 넘치지 않을까.

세계사를
쥐락펴락한
100세 노인,
나이의
계급성을
뛰어넘다

옛날 어르신들은 비슷한 나이에는 비슷한 노화 정도를 보이셨다. 오십 대에는 오십 대다운 엷은 주름을, 육십 대에는 육십 대에 어울리는 중후한 주름을 지니고 계셨다. 우리는 서로의 얼굴을 보며 굳이 질문을 하지 않아도 손쉽게 어림짐작으로 나이대를 알아맞힐 수 있었다. 시간만큼은 세상 만물에 평등하게 내리는 하얀 눈처럼 공평하게 주어진 자산이었던 것이다. 하지만 온갖 기상천외한 피부 관리에 광적인 집착을 숨기지 않는 21세기 한국 사회에서 나이는 더 이상 공평한 자산이 아니다. 이제 사람들은 대놓고 각종 안티 에이징 프로그램에 참여한다. 화장품에서 시작되어 헬스 케어, 성형수술에 이르기까지, 안티 에이징은 유행이나 유난이 아니라 현대인의 필수 덕목이 되어가는 것 같다. 이런 시대에 '나이 듦에 신경 쓰지 않고 생긴 대로 산다'는 것은 보통 어려운 일이 아니다. 누구도 나이의 치명적인 계급성을 피해갈 수 없기 때문이다. 사람들은 이제 안다. 여유롭고 우아하고 고귀하게 늙어가는 사람은 따로 있다는 것을. 단지 주름 몇 개가 덜 보이는 안티 에이징이 아니라 영혼까지 맑고 깨끗한 진정한 안티 에이징을 즐기는 사람들은 따로 있다는 것을.

북유럽에서 혜성처럼 등장하신 100세 '꽃할배'가 우리에게 주는 감동은 '무리한 안티 에이징'이 아니라 '지극히 100세다운 나이 듦'을 평범하게 실천하는 노인의 티 없이 맑은 영혼이 펼치는 자연스러움에서 우러나온다. 알란은 양로원에서 죽을 날만 기다리는 '편안하고도 지극히 느린 자살'을 거부한다. '뭐 이거보다 재미있는 일은 없나' 하는 평범한 호기심을 불태우며 자신의 100세 생일 파티에서 도망친다. 의지할 데 없는 노인의 쓸쓸한 생일을 지역사회의 경사로 치켜세우는 그 가식적인 분위기가 싫어서만은 아니었다. 그는 단지 무력하게 죽을 날을 기다리는 안락한 양로원 생활에서 탈출하고 싶었을 뿐이다. 100세를 살아보니 저절로 깨달아졌던 것이다. 101세 생일도, 102세 생일도, 그리고 어느 날 조용히 맞게 될 마지막 생일도 작년 생일과 똑같겠구나.

그의 백 회 생일을 축하하는 파티가 양로원 라운지에서 한 시간 후에 시작될 예정이었다. 시장도 초대되었고, 한 지역 신문도 달려와 이 행사를 취재하기로 되어 있었다. 지금 노인들은 모두 최대한 멋지게 차려입고 기다리는 중이었고, 성질머리 고약한 알리스 원장을 위시한 양로원 직원 일동도 마찬가지였다. 오직 파티의 주인공만이 불참하게 될 거였다.

— 요나스 요나손, 임호경 옮김, 『창문 넘어 도망친 100세 노인』, 열린책들, 2013, 7쪽.

나는 『창문 넘어 도망친 100세 노인』을 읽으며, 이 스웨덴판 꽃할배의 아름다운 나이 들기의 비결을 생각해보았다. 알란은 때로는 어린애 같은 유치함을 무기로 삼기도 하고, 때로는 누구도 따라올 수 없는 기나긴 인생 경험을 무기로 삼기도 하지만, 무엇보다도 그의 가장 큰 매력은 삶의 근거를 자신의 바깥에서 찾지 않는 겸허함이다. 그는 나이에도 기대지 않고, 이념에도 기대지 않고, 권력에도 기대지 않는다. 그가 유일하게 당당히 기대는 자원이 있다면 추억이다. 추억을 보관하고 관리하는 영혼의 은행에서는 100세 노인

만큼 커다란 부자도 없을 테니까. 그는 '가진 것이 없다'고 생
각했지만, 그래서 젊은이의 여행 트렁크를 훔치는 '아마추
어 도둑 행각'을 벌이기까지 했지만, 사실 가진 것이 무척이
나 많아 주체할 수가 없는 축복받은 꽃할배였던 것이다.

늙는다는 것은 아무리 초인적인 인내심을 동원해도 서글
프고 외로운 일이다. 육체의 힘이 쇠락해간다는 것은 세상
의 즐거움과 그만큼 멀어져 간다는 신호처럼 느껴지기 때문
이다. 알란 할아버지의 진짜 매력은 바로 이 '늙어감의 어쩔
수 없는 비애'를 본의 아니게 스리슬쩍 극복하는 유머와 정
직함이다. 사람들은 이제 '그냥 늙어간다'는 사실보다도 '계
급에 따라 환경에 따라 다르게 늙어간다'는 사실에 더 큰 분
노를 느낀다. 알란 할아버지는 이 늙어감의 기분 나쁜 계급
성을 단숨에 뛰어넘어 버린다. 100세가 되었다는 현실을 있
는 그대로 받아들인다는 것. 그것은 더 이상 남들의 시선이
두렵다는 이유로 삶의 중요한 결정을 바꾸지 않는다는 것을
의미한다. 알란은 자신의 '꽉 찬 100세의 시간'을 너무도 지
혜롭게 써먹는 멋진 노인이다.

매우 진지한 독자들은 알란의 뜻하지 않은 세계사 일주를

의아하게 생각할지도 모른다. 본의 아니게 세계 역사를 쥐
락펴락한 시한폭탄 영감님의 요절 복통 100세 인생 유랑이
라니. 이건 너무 허무맹랑하지 않나? 어떻게 한 사람이 이토
록 많은 인생 역정을 감당할 수 있단 말인가. 게다가 평범하
다 못해 조금은 모자라 보이기까지 하는 100세 노인이 마오
쩌둥과 김일성, 김정일, 스탈린, 프랑코 등 세계사를 뒤흔든
이 모든 인물들과 '각별한 인연'이라니. 하지만 객관적 사실
보다 더욱 중요한 것은 드러나지 않은 진실임을 아는 독자
라면, 이 황당무계한 모험담이 지닌 '사실의 함량'이 아니라
'진실의 무게'를 성찰할 수 있을 것이다. 이 세계를 다 둘러보
기에는 100년도 부족하구나. 삶은 아직 놀라운 일투성이구
나. 하루하루를 마치 인생의 첫날인 듯 설레는 마음으로 살
아간다면, 100세 생일도 반드시 지루하고 권태롭지만은 않
겠구나. 어떤 사람은 완전히 새로운 삶을 시작하기도 하는
구나.

  물론 이 이야기를 두세 줄의 짧은 줄거리로만 들으면 황
당무계하기 그지없을 것이다. 이 소설의 진정한 놀라움은
이 소설을 한 줄 한 줄 충실히 따라간다면 '놀라운 것은 아무
것도 없다'는 사실이다. 차근차근 할아버지의 마음을 따라

가다 보면, '그래, 양로원에서 죽어가기보다는 몰래 탈출해서 다른 삶을 살아보는 게 나을 거야!'라는 생각에 동의하게 되고, '아, 쌈짓돈 하나 마련해놓지 못한 불쌍한 100세 노인은 용돈이 없으니 잠시 젊은이의 트렁크쯤은 슬쩍해도 되지 않을까. 그는 아직 젊잖아!' 이런 생각까지 장난스레 해보게 되며 복잡한 일상사의 제도와 법칙과 규율로부터 잠시 해방될 수 있게 된다. 그것은 할아버지가 어깨에 힘을 주고 이데올로기를 강변하거나 조금이라도 자신의 남성성이나 관록을 과시하기 위해 어떤 무리수도 두지 않은 채 모두에게 공평한 유머와 차별 없는 사랑으로 세상을 대하고 있기 때문일 것이다. 오히려 이 이야기는 지극히 정상적이고 지극히 소박한 노인의 아주 평범한 삶의 이야기로 들릴 것이다. 바로 이 이음매 하나 느껴지지 않는 '무봉제 내러티브'야말로 첫 데뷔 소설로 수백만 독자를 요절 복통의 도가니로 빠뜨린 작가의 눈부신 재능일 것이다.

조금
불편하더라도
더 나은
세상을
향해
한 걸음

　　얼마 전 어떤 공식적인 모임이 끝난 뒤 중년 남성들의 푸념 섞인 대화를 들었다. 요즘 여학생들이 페미니즘 관련 이슈에 극도로 예민해서 수업 시간에 농담도 마음대로 할 수 없다는 이야기, 의도치 않게 여학생들에게 오해를 받을까 봐 아예 눈을 마주치지 않고 다른 곳을 보며 수업을 한다는 이야기, 성폭력 예방을 위한 교육 프로그램이 너무 불편하고 도식적이며 무례하게 느껴진다는 이야기가 여기저기서 터져 나왔다. 요새 학생들은 이광수의 『무정』을 보고도 미투 운동의 잣대로 판단한다고 한탄을 하는 분도 있었다. 『무정』에서 김현수 일당이 영채를 강간하는 장면을 보고 학생들이 '미투의 대상'으로 비판하는 모습에 충격을 받은 교수님 입장도 난처했겠지만, 학생들의 입장에서는 '우리나라 최초의 근대 장편소설'로 추앙받는 『무정』에 그토록 폭력적

인 강간 장면이 지극히 흥미 위주의 묘사로 부각된다는 사
실이 더욱 충격적이지 않았을까. 사회 곳곳에서 미투 운동
이나 페미니즘 관련 논의가 급증하면서 사실은 서로를 거의
이해하지 못했던 남녀의 본질적 입장 차이들이 이제야 수면
위로 떠오르고 있다.

   하지만 의견 차이나 갈등이 두려워서 논의 자체를 포기한
다면, '당신은 계속 그렇게 생각해요, 난 나대로 생각할 테니'
라는 식으로 토론 자체를 기피한다면, 더 나은 세상을 향한
발걸음은 또 한 번 늦춰지지 않을까. 물론 성폭력 예방 교육
을 비롯한 각종 조치들이 모든 사람을 잠재적 범죄자 취급
하는 느낌이 들어 불편하다고 말하는 남성들의 시각도 이해
한다. 성폭력 예방 교육 자체가 아직 걸음마 단계이다 보니
미흡하고 어색한 표현들, 아무 죄 없는 사람, 심지어 여성들
을 어디서나 배려하고 존중하는 남성들까지도 불쾌하게 만
드는 경우가 있어 이 또한 분명 개선이 필요하다. 하지만 그
것은 여성의 성적 자율권을 보호하기 위한 최소한의 안전
장치임을 이해해준다면, 궁극적인 성 평등으로 나아가는 우
리 사회의 발걸음이 좀 더 빨라질 수 있지 않을까. 진정한 변
화는 각종 동의서에 마뜩잖은 마음으로 서명을 하는 행위가

아니라, 남성들에게 상처받기도 전에 이미 상처받을까 봐 미리 걱정부터 해야 하는 여성들의 마음을 이해하는 남성들이 늘어나는 것이다. 직장에서 여전히 빈번하게 일어나는 성희롱이나 성폭력 때문에 고통받으면서도, 일자리는 물론 자신의 모든 것을 걸고 싸워야 하는 위험 때문에 싸움 자체를 포기하는 여성들이 아직도 많다는 것을 진심으로 이해해 주는 사람들의 '공감'과 '연대'야말로 변화의 시작이다.

'요새 여성들이 너무 예민해서 예전처럼 자유롭게 살 수 없다'고 불평하는 남성들에게 나는 이런 이야기를 들려주고 싶다. 아직도 수많은 여성들은 밤에 혼자 길을 걷는 것이 두렵고, 딸을 키우는 어머니들은 딸이 혹시라도 늦게 들어오면 밤새 잠을 이루지 못한다고. 예컨대 내 어머니는 이 나라에서 딸 셋을 키우시면서 하루도 마음 편히 주무신 적이 없다. 딸들이 무사히 집에 돌아올 수 있을까, 행여 딸들이 버스나 지하철이나 학교에서 봉변을 당하지 않을까 걱정하시면서 매일 골목길 앞에서 딸들의 귀가를 기다리셨다. 아무리 추운 날도, 아무리 더운 날도. 여성들은 주차장에서도 행여나 강도를 만날까 두렵고, 버스나 지하철에서 아무리 졸려도 혹시 나쁜 일이 생길까 봐 편히 잠들지 못한다. 우리는 평

생 여성으로 살아가는 것이 이토록 힘겹고 불편한데, 이제
처음으로 '집단적인 목소리'를 내기 시작한 우리 여성들의
이야기를 들어주는 것이 그토록 불편하고 힘이 드는 것이
냐고. 나 또한 평생 여성이라는 사실 그 자체가 핸디캡이었
다. 아무리 공부를 열심히 해도, 아무리 일터에서 실력이나
재능을 발휘해도, 여성이기 때문에 차별받고 성폭력 위험에
노출된 적이 비일비재하다. 신세 한탄이 아니다. 이제야 시
작된 진정한 소통과 대화의 물꼬를 단지 불편하다는 이유
로, 단지 '내 일이 아니라는 이유로' 틀어막지 않았으면 하는
간절한 바람 때문이다. 당신의 마음이 조금 불편하더라도,
더 나은 세상을 향해 한 걸음 나아갔으면 좋겠다. 조금 불편
하더라도, 많이 서운하더라도, 더 나은 세상을 위해 한 걸음
딛는 용기가 필요하다. 싸우는 페미니즘만큼이나 소중한 것
은 대화하는 페미니즘, 소통과 경청을 멈추지 않는 페미니
즘, 나아가 우리가 언젠가는 반드시 서로를 이해할 수 있다
는 믿음을 포기하지 않는 페미니즘이다.

난생卵生의
동경에서
포유류의
긍정으로

김훈의 장편소설『내 젊은 날의 숲』은 작품 자체가 작가
의 미래를 점치는 거대한 출사표 혹은 프롤로그로 읽힌다.
작가 스스로의 고백처럼 '사랑'이나 '희망' 같은 달콤한 단어
와는 어울리지 않던 김훈의 작품 세계에 따스한 인간의 체
온이 깃들기 시작했다. 이 작품은 김훈의 어떤 작품보다도
따뜻하고 애잔하다. 김훈은 여느 때처럼, 어떤 위로도 약효
가 없고 어떤 화해로도 풀 수 없는, 질기고 독한 인연의 실타
래를 풀어간다. 스스로 불화를 선택하고, 스스로 고독한 개
인을 자처하던 김훈의 삼엄한 캐릭터들은 여전하다. 그러나
그렇게 무뚝뚝한 인물들의 입술에서 흘러나오는 말들은 오
랫동안 안으로만 삭이다 마지막 순간 기어이 내뱉는 숨소리
처럼 절박하면서도 그윽하다. 그토록 독하게 세상과의 불화
를 벗 삼았던 그가, 범인凡人들의 보통 세상 속으로 성큼 진

격해 들어오는 것 같아, 반갑고도 두근거린다.

도망치려 했던 나의
기원을 긍정하는 일

『내 젊은 날의 숲』은 '실패한 아버
지의 비망기'가 아닌 '이제 막 세상을 향해 걸음마를 시작하
는 딸의 다큐멘터리'다. 과거의 아버지들이 견딜 수 없었던
불화와 결핍, 고립과 전투를 이야기하던 김훈은 이제 현재
의 딸들이 새로 만들어가야 할 사랑과 희망의 서툰 몸짓을
그리기 시작했다. 그것은 역사의 진보나 생명의 기원 같은
거대한 이야기가 아니라, 지금 바로 우리 곁에서 꿈틀거리
는 사소한 부재와 하찮은 결핍을 있는 그대로 끌어안는 행
위가 된다. 실패했지만 정정당당한 아버지를 '복권'하는 것
이 아니라, 자랑스럽지도 아름답지도 않은 아버지의 '부끄
러운 생生' 자체를 긍정하기 위해, 딸은 처음으로 '아버지와
그 무엇으로도 엮이지 않은 장소'로 떠나려 한다.

  주인공 연주는 뇌물 수수로 수년간 복역한 아버지의 출소

를 계기로 '별거'를 결정한 어머니의 선택에 굳이 반기를 들
지 않음으로써, 병든 아버지를 홀로 방치하는 상황을 묵인
한다. 그녀는 국립 수목원에서 세밀화를 그리는 작업을 하
기 위해 부모 곁을 떠나지만, 홀로 죽어가는 아버지를 방치
하면서 느끼는 죄책감을 자신도 모르게 국립 수목원의 안요
한 실장과 그의 아들 신우에게 투사한다. 그녀는 아버지가
홀로 고통스럽게 죽어가는 환영幻影과 밤마다 전화로 이어
지는 어머니의 넋두리 속에서, 어딜 가도 따라붙는 아버지
의 원죄, 어머니의 결핍, 자신의 부채 의식을 절감한다. 그녀
는 자식 앞에서 한 번도 떳떳할 수 없었던 아버지의 모멸뿐
인 삶을 한사코 긍정할 수 없었던 자신을 발견한다. 아버지
가 부정부패를 일삼는 고위 공무원의 '하수인' 노릇을 한 대
가로 그녀가 색연필을 사고 물감을 사고 등록금을 내왔다는
사실이, 그녀를 그 모든 과거의 고통스러운 기억으로부터
자유롭지 못하게 한다.

  이혼한 부모에게서 온전한 사랑을 받지 못한 자폐아 신
우를 바라보며 연주는 아직 미처 떠나보내지 못한 자기 안
의 어린 소녀를 기억한다. 외동딸 연주를 향한 부모의 사랑
은 부모 당사자들에게는 '최선'이었겠지만 연주에게는 때로

는 '형벌'이었고 때로는 벗어나고 싶은 운명의 굴레였으며 마침내 청산하지 못한 삶 자체에 대한 무거운 부채 의식이었다. 국립 수목원에서 자라는 희귀식물들의 세밀화를 그리며, 한국전쟁에서 전사한 이름 모를 병사의 백골을 그리며, 자폐아 신우의 미술교육을 도맡으며, 그녀는 자신이 미처 매듭짓지 못한 인연의 사슬을 천천히 곱씹는다.

　그녀는 아버지로부터 도망치려 했던 그 모든 곳에서 아버지의 죽음을 목격한다. 아버지의 죽음은 단지 한 존재의 생물학적 종말이 아니라 '나'라는 존재가 부모의 부채 의식을 넘어, '포유류의 운명'을 긍정하면서 동시에 한 인간으로서 다시 태어나는 문턱이 된다. 난생卵生으로 번식하는 조류들의 자유로움을 동경하던 연주는, 어쩔 수 없는 포유류인 부모의 유전자야말로 부정할 수도 없는 회피할 수도 없는 '나'의 가장 가까운 육체적·운명적 기원임을 긍정하게 된다. 연주는 '아버지의 완벽한 복사판'이라 생각했던 신우가 '엄마의 복사판이기도 하다'는 것을 깨닫고 소스라치게 놀란다. "신우의 얼굴에는 두 가지 그림자가 겹쳐 있어서, 시선의 각도에 따라서 아버지가 나타나고 어머니가 비쳤다. 피의 인연은 저러하구나……" 누군가가 아버지를 닮았구나, 혹은 어

머니를 닮았구나 하는 '편견'은 보는 자의 시선과 욕망이 투
사하는, 바라보는 자의 욕망이라는 것을 깨닫는 것이다. 연
주는 자기 자신 안의, 인정하고 싶지 않았던 아버지와 어머
니와의 끊을 수 없는 인연을, '포유류로서의 불가피한 유사
성'을 긍정하게 된 것이다. 포유류는 암컷과 수컷의 모든 유
전자를 골고루 분배하여, 마침내 부모와는 또 다른 '제3의
자아'를 만들어낸다. 연주는 아버지와 어머니의 기억을 고
스란히 머금은 채로, 아버지와 어머니와는 또 다른 삶을 시
작할 용기를 얻게 된다.

사람이 사람을
부르는 소리

우리는 자기도 모르게 타인의 삶에
깊숙이 끼어듦으로써, 자기도 모르게 내 삶의 영역에 타인
의 발자국을 끌어들임으로써, 출구 없는 나의 삶을 전혀 다
른 시각에서 재구성할 수 있는 기회를 얻게 된다. 연주는 신
우라는 타자, 김민수 중위라는 타자, 자신이 그려야 할 이름
모를 병사의 유골과 그의 유족들이라는 타자를 통해, 영원

히 고여 있어 금방이라도 부패해버릴 것만 같은 자신의 삶이 '타인의 삶'이라는 새로운 에너지로 서서히 변모하고 있음을 직감한다. 그럼으로써 그녀는 아무리 도망쳐도 벗어날 수 없는 혈연의 악몽을, 어떤 변명도 통하지 않는 유전자의 슬픈 자기 복제를, 긍정하고 넘어설 수 있게 되기를 꿈꾼다.

　김민수 중위와 연주는 고지를 점령한 부대의 병사가 적의 대공세를 앞둔 긴박한 순간에 고향의 어머니에게 쓴 편지를 함께 읽는다. "우리는 죽음을 기다리고 있습니다. 어머니, 저는 상추쌈이 먹고 싶습니다. 풀 먹인 여름옷을 입고 싶어요." 연주는 이 편지를 보며 살아서 상추쌈을 먹는 일의 눈물겨움을 깨닫는다. "이번 여름휴가 때 집에 가면, 가석방으로 출소한 아버지와 마주 앉아 상추쌈을 먹으면 어떨까." 어떤 화해도 불가능할 것만 같았던 이들의 삶에, 60여 년 전 한국전쟁에서 죽은 병사의 다 스러져간 유해가, 이토록 아름다운 화해의 힌트를 전달하는 아이러니를 연출한다. 연주는 아버지의 곁에는 직접 다가갈 수 없지만 스쳐 지나가는 모든 인연의 네트워크 속에서 아버지의 '분신'을 목격한다. "멀고 무관한 삼인칭인 '그'를 내 눈앞의 이인칭인 '너'로 바꾸어놓는 이 지울 수 없는 구체성"을, 김훈은 이제 '미망'이 아닌 '희망'

이라, '사랑'이라 부르기 시작했다.

『내 젊은 날의 숲』속 인물들이 처한 상황은 끝 간 데 없이
우울하지만 소설은 기묘한 활기로 가득 차 있다. 벗어날 수
없는 우울의 심연 깊숙한 곳까지 홀로 걸어가 본 사람만이
예민하게 포착할 수 있는, 생을 향한 거부할 수 없는 의지 같
은 것. 연주는 민통선 마을에서 만난 사람들, 그녀 못지않은
우울증과 자폐증을 앓고 있는 사람들을 통해, 자기 안에 그
저 고여 있기만 했던 타인을 향한 따스한 연민과 호의를 발
견한다. 그녀는 굳게 닫힌 수목원 연구실장 안요한의 입술
에서, 한 번도 타인을 향해 관심을 보이지 않는 안요한의 아
들 신우의 입술에서, 한 번도 그녀에게 정식으로 데이트를
신청하지 않는 김민수 중위의 수줍은 입술에서, '사람이 사
람을 부르는 간절한 소리'를 듣는다.

연주와의 술자리에서 김민수 중위는 병사들과 함께 매복
을 하러 갔을 때 북녘땅에서 들려오는 다듬잇방망이 소리
를 들었다고 말한다. 온몸이 얼어붙어서 감각이 마비될 것
같은데, 그 고통스러운 기다림의 시간에 난데없이 북녘에
서 다듬이질 소리가 들렸다고. 다듬이질 소리를 들으니, 불

현듯 눈물이 나더라고. 환청일지도 모르는 다듬이질 소리에 왜 눈물을 쏟았는지 모르겠다고 고백하는 김 중위에게 연주는 말한다. "인기척이기 때문일 거예요. 눈보라나 대포 소리와는 다르니까요. 그 안에 사람을 부르는 신호가 들어 있잖아요." 논리적으로 생각하면 분명 '환청'에 불과한 것 같지만, 도저히 그 존재를 부정할 수 없는 불가해한 신호음. 눈보라 같은 자연의 소리나 대포 소리 같은 기계 소리와는 분명히 다른 따스하고 애절한 소리. 인간의 삶이 인간의 삶을 향해 교신을 요구하는, 포유류가 포유류를 부르는 소리. 그것이 바로 지금 우리에게 필요한 간절한 문학의 목소리가 아닐까.

죽은 자의
복수,
산 자의
삶을
빼앗다

　지금 그가 원하는 것은 오직 슬픔에 집중하는 것이다. 아
버지를 잃은 슬픔, 그것도 숙부의 손에 살해당한 아버지를
잃은 슬픔에 온전히 정신을 집중하는 것이다. 그러나 세상
은 그를 내버려두지 않는다. 재빨리, 슬픔 따윈 잊고 변화된
상황에 적응하라고 종용한다. 케네스 브래나 감독·주연의
영화 「햄릿」의 첫 장면은 성대한 파티의 떠들썩함 속에서
홀로 '검은 상복'을 입고 소외된 햄릿의 모습이다. 숙부 클로
디어스는 죽은 왕에 대한 애도를 엄격하게 금지한다. 그는
빨리 왕의 자리를 차지하고 정권을 안정시켜야 하기 때문이
다. 그는 형의 아내, 즉 햄릿의 어머니와 결혼식을 올리고 있
다. 성대한 결혼식 파티의 흥분과 열기 속에서 '검은 얼룩'처
럼 볼썽사납게 도드라진 햄릿의 존재가 눈엣가시다. 클로디
어스는 창백한 햄릿의 얼굴을 바라보며 말한다. 빨리 일상

으로 복귀하라고, 빨리 새로운 삶에 적응하라고. 나의 충신
이자 아들이 되라고. 햄릿은 끔찍한 치욕을 느낀다. 아버지
를 죽이고, 사랑하는 어머니 거트루드를 빼앗는 것도 모자
라, 자신까지 아들로 삼으려 하다니. 굴욕감을 참을 수 없는
햄릿은 홀로 남아 외친다.

있음이냐 없음이냐, 그것이 문제로다. 어느 게 더 고귀한가.
난폭한 운명의 돌팔매와 화살을 맞는 건가, 아니면 무기 들고
고해와 대항하여 싸우다가 끝장을 내는 건가. 죽는 건 ─ 자는
것뿐일지니, 잠 한번에 육신이 물려받은 가슴앓이와 수천 가지
타고난 갈등이 끝난다 말하면, 그건 간절히 바라야 할 결말이
다. 죽는 건, 자는 것. 자는 건 꿈꾸는 것일지도 ─ 아, 그게 걸림
돌이다. 왜냐하면 죽음의 잠 속에서 무슨 꿈이, 우리가 이 삶의
뒤엉킴을 떨쳤을 때 찾아올지 생각하면, 우린 멈출 수밖에 ─
그게 바로 불행이 오래오래 살아남는 이유로다.

─ 윌리엄 셰익스피어, 최종철 옮김, 『햄릿』,

민음사, 1998, 94~95쪽.

복수, 존재의
이유가 되다

아버지를 잃고 어머니까지 숙부에게 빼앗긴 햄릿은 치욕과 복수심에 사로잡혀 점점 미쳐간다. 햄릿의 아버지, 즉 선왕의 유령이 출몰한다는 소문을 듣고 햄릿은 더욱더 동요한다. 마침내 아버지의 유령을 만난 햄릿은 아버지가 진정으로 원하는 것이 무엇인지를 알아낸다. 숙부, 즉 자신의 동생이 죄를 깨닫는 것. 유령은 사랑하는 아들 햄릿에게 복수의 칼자루를 쥐여준다. 죽음에 대한 두려움과 삶에 대한 혐오로 고통받는 햄릿은 죽은 아버지의 유령을 대면한 뒤 더욱 광기에 사로잡힌다. 사랑하는 오필리아와 함께 꿈꾸던 행복한 미래조차 그 빛을 잃어버린다. 햄릿은 오필리아에게 고백한다. 나는 복수심에 사로잡혀 무슨 짓을 할지 모른다고. 인간은 아무리 노력해도 악에서 벗어날 수 없다고. "수녀원으로 가. 아니 당신, 죄인들을 낳고 싶어? (…) 우린 모두 다시 없는 악당들이니 아무도 믿지 마. 수녀원 길에 오르라고."

오필리아는 햄릿과 함께했던 아름다운 추억을 떠올리며

그를 계속 사랑하려 하지만 햄릿은 광기 어린 눈빛으로 그
녀에게 저주를 내린다. "앞으로 결혼이란 없을 것이야. 이미
결혼한 사람들은 ─ 한 사람만 빼놓고는 ─ 그대로 둘 것이
며, 나머진 지금처럼 지낼 것이야." 오필리아는 깨닫는다. 자
신이 그토록 사랑하던 햄릿 왕자는 이제 세상에 없음을. "아,
얼마나 고귀한 정신이 무너졌나! 조신, 군인, 학자의, 눈, 혀,
칼이요 아름다운 이 나라의 희망이요 꽃이며 예절의 거울이
고 행동의 표본이요, 모든 존경의 귀감이 아주아주 쓰러졌
어!" 이렇게 죽은 자의 복수는 산 자의 사랑마저 빼앗아버린
다. 아름답고 총명한 햄릿 왕자는 두 눈에 핏발이 서린 복수
의 화신이 되어버린 것이다.

  햄릿은 아버지의 복수만 끝내면 모든 것이 제자리로 돌아
올 거라고 믿는다. 하지만 그 복수란 무엇일까. 숙부를 죽이
면 되는 것일까. 햄릿에게는 숙부를 죽일 기회가 있었다. 이
제 왕이 된 숙부가 홀로 참회를 하며 기도를 하고 있을 때,
그가 가장 방심하고 있을 때, 햄릿은 그를 향해 은밀하게 칼
을 겨눈다. 그런데 섬광처럼 어떤 생각이 스쳐 지나간다. "지
금 기도 중인데. (…) 악당이 내 아버질 죽였는데 그 대가로
유일한 아들인 내가, 바로 그 악당 놈을 천당으로 보낸다. 아

니, 이건 청부 살인이지 복수가 아냐. (…) 아서라 칼아, 더 끔
찍한 상황을 만나자. 놈이 취해 잠자거나 광란하고 있을 때,
침대에서 상피 붙어 쾌락을 즐길 때, 경기 도중 욕하거나 구
원받을 기미가 전혀 없는 행동을 하고 있을 바로 그때, 다리
를 걸자. (…) 영혼은 목적지 지옥만큼 시커멓고 저주받게."
그는 더 깊은 지옥의 나락으로, 더 끔찍한 처벌로, 구원도 평
화도 없는 곳으로 숙부를 보내버리고자 하는 것이다.

　교회의 권위와 신앙의 신성성이 살아 있던 시대. 햄릿과
숙부는 불구대천의 원수지만 '죽음에 대한 인식'은 같다. 숙
부 클로디어스는 자신이 이 세상에서는 죄를 짓고도 무사할
뿐 아니라 죄를 통해 얻은 부귀영화와 형에게서 빼앗은 아
내까지 '소유'하며 아무렇지도 않게 살 수 있지만, 사후 세계
에서는 절대 용서받을 수 없을 것으로 생각한다. '이 세상'에
서는 용납되는 부귀영화가 '저세상'에서는 용납되지 않음을
알고 있는 것이다. 햄릿 또한 '저세상'의 권위와 신성을 믿는
다. 자신은 '저세상'이 보낸 메신저이며, '저세상'에 계신 아
버지의 명령에 따라 움직이는 심부름꾼이라 생각하는 것이
다. '죽음 뒤의 세계'에 대한 공포와 경의가 『햄릿』의 모든 인
물들을 거느리고 있다. 그리고 그 죽음 저편의 세계에서 유

독 햄릿에게만 강력한 영향력을 행사하는 아버지의 유령은 이 작품의 진정한 주인공이다. 결국, 죽은 아버지의 영혼만 이 끔찍한 승리를 얻게 되는 것이다.

그러던 어느 날 햄릿은 어머니의 침실 뒤에 숨어 있는 것이 숙부라고 착각하고 오필리아의 아버지를 살해하고 만다. 복수의 칼날이 엉뚱한 곳으로 튀어버리자, 그는 두려움에 사로잡힌다. '이 세상'에 살 수 있는 이유들이 점점 희박해져 간다. 사랑하는 여인의 아버지를 죽였으니, 그 죄를 어떻게 용서받을 수 있을까. 분노에 사로잡혀 엉뚱한 사람을 죽여버렸으니, 그 죄를 어떻게 할까. 모두가 '이 세상'에서 살아남기 위해 발버둥치고 있지만, 햄릿은 '이 세상'과 '저세상' 사이에 존재하며 양쪽 어디에도 속하지 못한 채 방황하는 것이다.

죽은 자가
산 자를 이기다

햄릿은 죄 없는 영혼이었다. 아버

지가 돌아가시기 전까지, 그는 모든 사람들의 축복을 받을
만한 아름다운 청년이었다. 그가 한 나라의 왕자여서가 아
니라 그가 지닌 모든 미덕들이 그를 저절로 빛나게 했다. 그
러나 그가 실수로 오필리아의 아버지를 죽인 후, 그의 영혼
은 복수와 원한의 정념으로 균형을 잃고, 그의 총명함은 빛
을 잃고 만다. 숙부만을 단죄하려던 그의 원래 뜻은 사그라
지고, 어머니는 물론 오필리아의 가족들에게까지 그는 복수
의 칼날을 휘두르고 만다. 오필리아의 오라버니 레어티즈는
아버지의 죽음으로 미쳐버린 여동생을 보며 맹세한다. 저울
이 옳은 곳을 가리킬 때까지, 너를 미치게 한 그놈에게 복수
하겠다고. 그런데 과연 그 저울은 누구의 것인가. 모두에게
공평한 잣대가 적용되는 꿈의 저울이 있을까.

   숙부는 그 와중에도 자신의 무고를 입증하기 위해 모든
노력을 기울인다. 햄릿의 상처받은 영혼을 보살필 생각은
하지 않고, 그는 자신의 왕위, 형으로부터 빼앗은 아내, 자신
의 왕국만 지키려 한다. 레어티즈는 햄릿의 공개 처벌을 요
구한다. 숙부는 거부한다. 아내를 지키기 위해, 그 아들인 햄
릿을 처벌할 수 없다고. 숙부는 이 와중에도 자신의 사랑을
과시한다. "그 애 어미 왕비가 거의 아들만 보고 살아. (…) 그

리고 나 자신에게 — 그게 나의 미덕이든 재앙이든 — 그녀
는 내 영혼과 내 생명에 너무나 직결되어, 별이 궤도 밖으로
는 움직일 수 없듯이 나 또한 그녀 밖을 못 벗어나." 햄릿은
아내에게 너무 소중한 존재이기 때문에, 햄릿을 처벌할 수
는 없다는 것이다. 숙부는 또 덧붙인다. '공개적으로' 햄릿을
처벌할 수 없는 또 다른 이유는 국민이 그를 너무 사랑하기
때문이라고.

　　모두가 서로를 향한 복수의 칼날을 휘두르는 동안, 유일
하게 '제정신'을 지키고 있는 것은 오히려 미쳐버린 오필리
아다. 오필리아는 세상에서 가장 사랑하는 햄릿이 세상에서
가장 가까운 아버지를 죽였다는 사실 때문에 미쳐버렸지만,
아직도 햄릿을 향한 순수한 사랑을 간직하고 있다. 그녀가
부르는 노래 속에는 잔혹한 광기조차도 앗아가지 못한 그녀
의 순정한 영혼이 가녀리게 빛나고 있다. "그분 다시 안 오
실까? 그분 다시 안 오실까? 아냐 아냐, 가신 사람, 무덤으로
가신 사람. 절대 다시 아니 오리. 그분 수염 흰 눈 같고, 그분
머리 호호백발. 가셨으니, 가셨으니, 우리 한탄 속절없네. 그
분 영혼 살펴주오."

오필리아의 마음속에서, 아름다운 햄릿은 죽었다. 그럼
에도 그녀는 복수의 광기로 미쳐가는 햄릿에게 신의 축복
이 내리기를 기원한다. 천사 같은 미소로 노래를 부르는 오
필리아를 바라보며 레어티즈는 흐느낀다. "비애와 번민, 고
통과 지옥까지도 누이는 매력으로, 멋으로 바꾸는구나." 어
쩌면 오필리아의 노래는 이 끔찍한 복수극을 종식할 마지막
구원의 메시지였을지도 모른다. 그러나 남자들은 멈추지 않
는다. 오필리아의 미친 사랑의 노래에 스며든 구원의 메시
지를 외면하고, 그들은 또 다른 복수극을 공모한다. '공개적
으로' 햄릿을 처벌할 수 없는 숙부는 '은밀하게' 햄릿을 처벌
하기로 한다. 레어티즈의 복수심을 이용해 또 다른 살인을
공모하는 것이다. 대놓고 죽일 수 없으니 결투를 신청해서
칼에 독을 묻히거나 물에 독을 타자는 것이다. 그들의 피비
린 복수극을 뒤로한 채, 아무 죄 없는 오필리아는 스스로 물
에 빠져 죽고 만다.

레어티즈는 누이의 죽음 앞에 광분하고, 자살로 처리된
그녀의 죽음 앞에서 사람들은 '장례 절차의 적법성'을 이야
기한다. 자살로 생을 마감한 그녀에게는 기독교식의 엄숙한
장례가 허용되지 않는다. 레어티즈는 귀족의 권위와 재산을

이용해 간신히 밤을 틈타 누이의 장례식을 은밀하게 치러주고, 무덤 앞에서 만난 원수 햄릿에게 소름 끼치는 저주를 퍼붓는다. 숙부 클로디어스는 햄릿과 레어티즈와의 펜싱 시합을 주재하여 햄릿을 독살할 계획을 세우고, 드디어 결전의 그날이 다가온다.

모든 것을 끝낼 결심인 햄릿은, 마지막으로 레어티즈에게 용서를 구한다. 사랑하는 오필리아의 죽음 앞에서 햄릿은 비로소 예전의 자신을 회복한다. 자네와 오필리아의 아버지를 죽인 것은 내 의도가 아니었다고. 나 햄릿이 아니라, 내가 굴복해버린 '광기'가 그렇게 만든 것이라고. 죽음의 혼령이 빚어낸 광기. 그것은 사람이 아니지만, 사람보다 더 큰 힘으로 영혼을 조종하여 햄릿을 복수의 정념으로 물들여버린 것이다. 햄릿은 '진짜 나'와 '광기'를 구분하여 인식하고 있다. 모두에게 용서를 빌고 싶은 자신의 또렷한 '의식'과, 자기 자신도 이해하기 어려운 '광기'를 완전히 분리하고 있는 것이다. '광기'는 마치 지킬 박사가 만들어낸 하이드처럼 주체에게서 온전한 의식을 빼앗아가 버린다. '광기'는 사랑하는 모든 사람들을 결국 죽음에 이르게 한 햄릿이, 스스로에게 발급한 유일한 면죄부였던 것이다.

용서하게. 내가 정신이상으로 어떻게 벌 받는지 여러분이 알
고 자네도 필시 들었겠지. 내가 했던 일, 자네의 효성, 명예심, 그
리고 반감을 거칠게 일깨웠을 그 일은 광기였음을 여기서 공언
하네. 햄릿이 레어티즈에게 잘못해? 햄릿은 절대 아냐. 햄릿이
자기 자신과 분리되어 자기가 아닐 때 레어티즈에게 잘못하면,
그건 햄릿 짓이 아니라고. 햄릿은 그걸 부인하네. 그럼 누가 했
지? 그의 광기야. 그렇다면 햄릿은 피해를 입은 쪽에 속한 거지.

— **윌리엄 셰익스피어, 앞의 책, 199쪽.**

레어티즈는 햄릿의 진심 어린 참회를 겉으로만 받아준 채
결투에 임하고, 마침내 비극은 일어나고 만다. 실력으로는
햄릿을 제압할 수 없는 레어티즈가 햄릿이 잠시 보호대를
벗고 쉬고 있는 동안 등 뒤에서 독이 묻은 칼로 찔러버린 것
이다. 숙부는 독이 든 칼의 계획마저 실패했을 때를 대비해
독주를 준비해두었지만, 이를 전혀 알 리 없는 햄릿의 어머
니 거트루드는 잔에 든 술을 마셔버리고 만다. 결국, 자신이
독을 바른 칼이 햄릿의 칼과 바뀌는 바람에 햄릿의 칼에 찔
린 레어티즈 또한 죽음을 맞게 된다.

　자신을 죽이려는 왕의 음모를 알게 된 햄릿은 클로디어스
에게 칼을 겨누고, 이제 모든 주인공들이 죽음을 맞게 되는
초유의 사태가 일어난다. 레어티즈는 죽음의 문턱에서 햄
릿에게 용서를 구한다. "용서를 나눕시다, 햄릿 왕자님. 저와
부친 죽음 그대 탓이 아니고, 그대 죽음 또한 제 탓이 아니기
를." 레어티즈는 마지막 순간, 용서를 통해 자신과 햄릿을 함
께 구한다. 한때 자신을 배반했지만, 아버지를 잃은 레어티
즈의 마음을 이해하는 햄릿은 그를 편히 보내준다. "하늘이
용서하리. 나 그대를 따르리라." 햄릿은 마지막으로 하늘의
권위를 빌려온다. 늘 자신을 지켜주던 믿음직스러운 호레이
쇼만이 햄릿의 임종을 지켜준다.

홀로 살아남은
이야기꾼의 노래

　　　　　　　　더할 나위 없는 충신인 호레이쇼
는 햄릿을 따라 세상을 떠나겠다며, 숙부가 조제한 독주를
들이키려 한다. 햄릿은 자신의 죽음 자체는 어쩔 수 없지만
자신이 떠나고 난 후에 울려 퍼질 '죽음의 의미'를 바꾸고자

몸부림친다. 죽음은 바꿀 수 없다. 그러나 죽음의 의미는 바꿀 수 있다. 이것이 햄릿의 마지막 복수였던 것이다.

자네는 사나이니 그 잔을 내게 주게. 놓으라고, 빼앗고 말 테야. 오 하느님, 사태를 미궁 속에 남겨두면, 호레이쇼, 난 크나큰 오명을 남길 거야. 자네가 나를 마음속에 품은 적이 있다면, 천상의 열락일랑 잠시 동안 미뤄두고, 이 험한 세상에서 고통 속에 숨을 쉬며 내 사연을 말해주게.

— 윌리엄 셰익스피어, 앞의 책, 205∼206쪽.

햄릿은 마침내 마지막 숨을 내뱉고 눈을 감는다. 죽은 햄릿을 마치 십자가의 예수처럼 둘러메고 가는 군인들의 모습. 칼 한 자루를 십자가처럼 쥐고 잠든 햄릿. 마침내 아버지의 유령이 승리한 것이다. 햄릿은 죽음의 원혼을 구하느라 삶의 여신을 구하지 못했다. 오필리아도 어머니도 햄릿의 원한 때문에 희생된다. 햄릿은 끝내 왕이 되지 못했지만, 덴마크의 왕자를 위한 휘황찬란한 죽음의 의식이 그를 가장 높은 자리에 올린다. 햄릿은 끝내 자신의 삶을 구하지 못했으나 자신의 죽음을 구원했다. 그 삶은 욕되었으나 그 죽음만은 찬란했던 것이다. 햄릿은 끊어낼 수 없는 죽음의 그림자와 끝까지 싸웠으며, 끝내 그 죽음의 유령에 희생되었지만, 자신의 '죽음의 의미'를 구해내려 호레이쇼를 남겨두었다. 호레이쇼, 별들의 전쟁 끝에 마지막으로 살아남은 뜻밖의 생존자. 그는 죽은 자들의 억울한 이야기를 살아남은 자들에게 대신 전해주는 영혼의 메신저이며, 이야기꾼의 현신이며, 무한 복수의 고리를 끊어내고 삶의 진실을 밝힐 수 있는, 영원한 '작가'의 알레고리 아닐까.

찰칵찰칵,
머물고 싶은
순간을
담아내는
소리

　얼마 전에 인도에 방문했다가 색다른 체험을 했다. 너도
나도 앞다투어 외국인에게 "같이 셀피를 찍자"라고 제안하
는 인도 사람들을 만나게 된 것이다. 나뿐만 아니라 인도 여
행에 동행한 모든 한국인들에게 인도인들은 '나랑 사진을
찍자'며 환하게 웃음을 지어보였다. 모르는 사람과는 절대
사진을 찍지 않을 정도로 심하게 내성적인 나는 얼떨결에
선글라스를 얼른 쓰고 인도 사람들의 제안에 응했지만, 이
게 무슨 일인가 싶어 어리둥절해졌다. 현지인 가이드의 이
야기를 들어보니 요새 인도에서는 외국인과 셀피를 함께 찍
는 것이 유행이라고 한다. 길을 걷다가도 나를 갑자기 불러
세워 "너와 같이 셀피를 찍고 싶다"라고 영어로 당당하게 말
하는 인도 사람들의 당찬 모습이 놀라웠다. 그런데 셀피만
달랑 찍은 후 다른 대화는 전혀 시도하지 않고 훌쩍 떠나버

리는 사람들이 많아 '아, 나는 그들의 셀피 수집에 잠시 이용
당한 것이구나!' 하는 씁쓸한 감정이 느껴졌다. 그들은 셀피
에만 관심이 있고 타인의 존재에 대해서는 관심이 없었던
것이다.

　찰칵찰칵, 하루에도 수백 번씩 울려 퍼지는 셀피 찍는 소
리들은 이제 우리 일상의 전형적인 풍경이 되었다. 사진은
스쳐 지나가는 이미지를 포착하고 소유하려는 욕망을 반영
한다. 이미지는 쉴 새 없이 우리 곁을 빠른 속도로 스쳐가지
만, 풍경이나 인물의 순간적 이미지를 포착하고 고정시켜
자신의 휴대폰에 저장하고자 하는 현대인의 욕구는 찰나의
순간까지도 '캡처'해내는 놀라운 기술과 '매일매일 셀피 찍
기'라는 경이로운 진풍경을 낳았다. 셀피는 현대인의 나르
시시즘을 강화하기도 하지만, 자칫 스쳐 지나가기 쉬운 일
상의 소소한 풍경을 소중히 간직하고 의미 부여하는 마음
의 습관을 낳기도 했다. 하지만 사진 찍기의 부작용도 만만
치 않다. 타인에게 사진 찍히기를 원치 않는 사람들에게 카
메라는 마치 거대한 총이나 대포처럼 폭력적인 모습으로 비
칠 수밖에 없다. 나는 강의를 할 때 독자들이 사진 찍는 소리
에 놀라 강의 내용을 깜빡 잊기도 한다. 칠판이나 화면에 비

친 내용을 필기하지 않고 쉽게 사진으로 찍으려 하는 사람
들이 많아 강의 내내 셔터 소리가 울려 퍼지곤 할 때마다 난
감해진다. 노트 필기는 전혀 강의에 방해가 되지 않지만 사
진 찍는 셔터 소리는 강연자에게 커다란 스트레스가 된다.
강의 내용을 '찍는 것'보다는 진심으로 귀 기울여 '듣는 것'이
더 소중한 일이 아닐까.

　모두가 포토그래퍼가 되어 하루에도 수십 장 이상 사진을
찍는 것이 일상이 되어버린 요즘, 사진 찍기는 더 이상 피할
수 없는 현대인의 일상이자 문화가 되었다. 찰칵찰칵, 때로
는 상쾌하고 싱그럽게 들리지만 때로는 우리를 공격하는 소
음처럼 들리는 이 의성어와 우리는 어떻게 화해해야 할까.
내가 찍는 카메라의 '찰칵찰칵' 소리는 상큼하게 들릴 수 있
지만, 타인의 휴대폰이나 카메라에서 울리는 '찰칵찰칵' 소
리는 공격적으로 들릴 수 있다. 인간은 준비되지 않은 순간
에 다가오는 모든 소리에 예민하게 반응할 수 있다. 조금 더
타인의 감정을 존중하고 배려할 수 있다면, 예를 들어 사진
을 찍기 전에 미리 "실례합니다, 잠시 촬영을 해도 될까요?"
라고 물어본다면 상대방이 느끼는 불쾌감은 오히려 호감으
로 바뀔 수 있을 것이다. 누군가 내 감정이 다치지 않을까 신

경 써준다는 것만으로도 커다란 위안을 받을 수 있기 때문이다. 상대방의 감정을 조금 더 고려해줄 수만 있다면, '찰칵찰칵' 소리는 아름다운 풍경을 담아내는 영롱한 울림 소리가 될 수 있지 않을까. 내가 누르는 셔터 소리가 타인의 마음에 지나치게 커다란 자극이 되지 않도록, 우리는 조금 더 주변을 세심히 살펴보고 둘러보아야 하지 않을까. 그래서 나는 '찰칵찰칵' 소리를 내고 싶을 때마다 '사각사각' 종이 위에 연필이나 펜으로 글을 쓰는 시간을 조금 더 늘려보곤 한다. 예컨대 비슷한 사진을 습관적으로 열 장 이상 찍는 대신에 아주 곰곰이 생각해서 한 장만 사진을 찍고 그 장면에 대한 '글쓰기'를 해보는 것이다. 우리는 기계 속의 '사진'에 집중하느라 눈앞에서 벌어지고 있는 실제 '사건'이나 '장면'을 놓치고 있는 것이 아닐까. 부디 우리의 '찰칵찰칵' 소리가 타인의 사생활을 침해하는 공격적인 알람이 아니라, 삶의 가장 소중한 풍경을 내밀하게 담아내는 조화로운 멜로디가 될 수 있기를.

개발의
가치에
가려진
삶의
흔적을
찾아서

　　11세에 유태인 박해의 참상을 겪으며 '나는 결코 아이를 낳지 않으리라' 결심한 아이. 20세에 잘츠부르크 대학에서 토인비 연구로 박사 학위를 받고, 25세에 로마에서 사제 서품을 받았으며, 30세에 가톨릭 대학교 부총장이 된 천재적 사상가. 수십 개의 외국어를 능란하게 구사했으며, 급진적 사상으로 '외교상 기피 인물'로 지목되고, 쇠사슬로 린치를 당하고 총격까지 감내하며, 신부로서 누린 모든 특권과 지위를 포기한 사람. 이반 일리치는 아파트라는 편안한 요새에 자신을 가둔 채 모든 상품을 배달시키며 나른하게 살아가는 현대인을 '호모 카스트렌시스' 즉 '수용되는 인간'이라 부른다. 시스템은 분명 편의를 제공하지만, 시스템 바깥을 상상하고 도전하는 최초의 용기를 앗아간다. 우리는 아파트라 불리는 거대한 누에고치에 갇혀 진정한 '정주定住의 기술'

을 잃어버렸다. 의료 기술에 의지하느라 고통을 견디는 마음의 기술을 잊어버린 것처럼. 학교에 의지하느라 자발적 배움의 기술을 잊어버린 것처럼. 웰빙의 테크놀로지에 결박되어 죽음을 맞이하는 기술을 잊어버린 것처럼. 『과거의 거울에 비추어』는 전 세계를 떠돌며 개발의 허위와 자본의 참상을 고발한 사상가 이반 일리치의 연설문 모음집이다.

"소비사회에서는 필연적으로 두 종류의 노예가 생겨난다. 하나는 중독에 속박된 노예, 또 하나는 시기심에 속박된 노예이다." 「공생을 위한 도구」에서 이반 일리치는 이렇게 말했다. 그는 역사상 가장 부유한 인류가 역사상 가장 무기력한 인간들로 전락한 이유를 이렇게 설명했다. 쓸모 있는 물건을 너무 많이 만들면 쓸모없는 사람이 늘어나게 된다고. 그가 평생에 걸쳐 투쟁한 권력은 바로 거대한 시스템에 개인의 자율성을 종속시키는 문화였다. 시스템의 얼굴은 천양지차지만 그 본질은 소름 끼치도록 획일적이다. 시스템의 공포를 단적으로 보여주는 것은 바로 전쟁이다. 군대에 자원하는 미국 청년들은 대부분 선량하다. 그들은 애국심의 이름으로 전쟁을 양산하는 사회 '시스템' 때문에, 아프가니스탄이나 이라크에서 끔찍한 일을 저지른 후, 심각한 외상

후 스트레스 장애를 앓는다. 의협심으로 시작된 순진한 선택이 평생의 고통을 초래한다. 개인의 자발적 선택은 이 순간 무력해진다. 시스템의 거대한 악이 공기처럼 퍼져 있을 때, 홀로 고고하게 도덕의 방독면을 쓰고 있어도 아무 소용이 없다.

일리치는 과거의 거울에 비추어 현재의 삶을 투시함으로써, '개발'이라는 가치로 짓밟힌 삶의 원초적 질감을 전투적으로 복원해낸다. 현대인에게 집이란 "수송 수단을 편리하게 이용할 수 있는 곳에 밤새 노동력을 보관해두는" 수납 창고로 변질되었다. '우리 집은 좁고 허름하고, 여하튼 뭔가 부족하다'는 생각 때문에, 끝없이 인테리어에 돈을 쓰고 부동산에 투자하고 재테크에 사력을 바친다. 옛사람들에게 집이란 "그날그날 살아가며 자신의 일대기를 한 올 한 올 풍경 속에 적어 넣는" 곳이었다. 타인의 공간을 부러워할 필요 없이 내가 있는 곳이 곧 세상의 중심이었다. 매일 조금씩 내 손으로 내 집을 수선하고 가꾸는 것은 '남에게 맡기고 싶은 귀찮은 노동'이 아니라 '내 삶을 내가 보살피는 자연스러운 행위'였다.

과거의 거울과 현재의 최첨단 문명의 싸움은 내가 글쓰기
를 가르치는 교실에서도 일어난다. 나는 과거의 유물이고,
학생들은 최첨단 테크놀로지의 전사들이다. 나는 학생들에
게 컴퓨터로 전시되는 화려한 프레젠테이션이 아니라, 심장
에서 솟구쳐 나오는 뜨거운 문장을 요구한다. 이런 요구는
학생들에게 '불필요한 잉여와 잡음'으로 감지된다. 감정과
의미를 담은 뜨거운 문장은 불안과 격정을 불러일으켜, 삶
의 효율성을 떨어뜨리는 '보이지 않는 영혼의 바이러스'처
럼 여겨진다. 하지만 낡아빠진 과거의 거울에 집착하는 나
는, 한 글자 한 글자 수공업적으로 느리게 담금질된 소박한
문장을 요구하며 아이들과 끝없는 기 싸움을 벌인다. 스마
트폰과 인터넷의 블랙홀에 내 감정과 추억의 모세혈관을 한
오라기도 빼앗기지 않으려 안간힘 쓴다.

나는 학생들에게 내 본질을 꽁꽁 숨기고 사랑받기보다는
내 본색을 마음껏 드러내며 미움받고 싶다. 나에 대한 당신
의 사소한 미움을 세상을 향한 뜨거운 사랑으로 바꿀 수 있
는 그날까지. 이런 나를 이해해주는 이들에게, 심지어 '함께
낡은 거울이 되자'고 속삭이는 이들에게, 이 책을 선물하고
싶다. 그와 함께 속삭이고 싶다. 우리 삶을 진정으로 뒤흔드

는 폭풍의 눈은 '검색어 순위'가 아니라 차마 입 밖으로 표현
하지 못하는 저마다의 살아 있는 슬픔들이라고. 마음의 문
을 활짝 열고 들어주는 이가 없다면 결코 세상 밖으로 나올
수 없는 이야기, 쉽게 검색되지 않는 이야기, '구글링'할 수
없는 삶의 절규에 귀 기울여야 한다고.

　"사람의 마음을 조각조각 찢어내 우리가 원하는 새로운
모양으로 다시 붙이는 게 권력이야." 조지 오웰의 『1984』에
나오는 명대사다. 성직자이자 역사학자였던 이반 일리치는
인간의 마음을 갈기갈기 찢어내어 '힘 있는 자들이 원하는
새로운 모양'으로 제멋대로 이어 붙이는 권력의 메커니즘을
비판했다. 그의 친구이자 브라질 대주교였던 에우데르 카마
라는 이렇게 말한다. "내가 가난한 사람들에게 먹을 것을 주
면 사람들은 나를 성인이라 부른다. 그 사람들이 왜 가난한
지 물으면 사람들은 나를 공산주의자라 부른다." 아무 말 없
이 '자선'을 베푸는 것까지는 좋다는 것. 그러나 이 사회가 왜
잘못되었는지, 왜 문제가 있는지 '묻지도 따지지도 말라'는
것이다. 사람들은 묻고 따지는 사람들을 기피한다. 그러나
바로 그렇기 때문에, 시스템의 본질적 해악에 대해 문제 제
기를 허용하지 않기 때문에, 세상은 갈수록 더욱 나빠지고

있다. 이반 일리치는 우리가 제대로 문제 제기하지 않기 때문에 점점 더 각박해지는 세상을 향해, '과거의 거울에 비추어' 우리 자신을 바라보자고 속삭인다.

전통 사회와 현대 사회의 가장 큰 차이점은 무엇일까. 이반 일리치는 옛날과 지금의 가장 큰 차이점을 '공용 공간'이 사라져가는 것으로 보았다. 예컨대 옛사람은 길거리를 '교통수단이 통과하기 위한 공간'으로 생각하지 않았다. 도보가 가장 중요한 이동 수단인 시절, 사람들은 길 위에서 생활과 노동과 놀이를 즐길 줄 알았다. 어린 시절 우리 동네 골목길. 나에게도 그런 아련한 '공용 공간'의 추억이 있다. 골목길은 그냥 지나가는 공간, 일시적인 통행로가 아니라 '또 하나의 삶'이 가능한 곳이었다. 길에다 돗자리를 펴놓고 있으면 지나가는 사람들과 이야기를 할 수도 있고, 돗자리를 펴놓는 것이 전혀 어색하거나 조잡해 보이지도 않았다. 좁은 골목길에서도 우리는 '무궁화 꽃이 피었습니다'나 '땅따먹기'나 '얼음 땡' 등 뻔하지만 매번 재미있는 놀이를 즐기며 시간 가는 줄 몰랐다. 이반 일리치는 바로 이 '공용의 기쁨'을 되찾는 길이야말로, 과거의 거울에 비추어 우리 삶을 더욱 따스하게 만드는 길임을 일깨운다. 문명은 진보한다. 하지만 진

보의 이점만을 즐기고, 진보로 인해 '잃어버린 삶'을 걱정하

지 않는다면, 우리 삶은 점점 황폐해질 수밖에 없지 않을까.

먼
훗날의
유토피아는
필요 없어

　단 하루라도 나쁜 일이 일어나지 않는 날은 없는 것일까. 뉴스를 보면서 '지금 여기가 바로 구제 불능의 디스토피아가 아닐까' 하는 의문이 들 때마다 쓸쓸하게 혼잣말을 중얼거리곤 한다. '하루라도 좋은 일들만 일어났으면' 하고, 불가능한 꿈을 되뇌어보기도 한다. 얼마 전에 나도 모르는 나의 습관을 발견했는데, 그것은 바로 힘들 때마다 '유토피아'에 관련된 서적들을 뒤져보는 것이다. 유토피아에 대한 책은 주로 고전이 많지만 『나우토피아』는 제목처럼 바로 지금 세계 곳곳에서 '실존하는 유토피아'라는 역설을 실천하는 사람들의 이야기이기에 더욱 궁금증을 자아냈다.

　『나우토피아』의 저자들에게 유토피아란 먼 훗날의 불가능한 약속이 아니라 바로 지금 조금씩 앞으로 나아가는 사람들의 장소다. 소비를 통해 모든 욕망을 충족시킬 수 있다고 믿는 자본주의의 허구적 유토피아를 넘어서기 위한 모든 몸부림이 나우토피아로 나아가는 소중한 발걸음이다. '반항적인 상상력 연구소'라는 흥미로운 단체를 설립한 주인공이기도 한 존 조던과 이자벨 프레모는 전 세계의 수많은 자율적 공동체를 탐험하면서 '먼 훗날 오지 않을 유토피아를 기다리기만 할 것이 아니라 지금 이곳에서 작지만 현실적인 나우토피아를 어떻게 만들 것인가'를 고민했다.

전문가에게 우리 대신 뭔가 조치를 취해달라고 요구하지 않고 모든 일을 주민들 스스로의 힘으로 해결하는 21세기 시민불복종캠프, 최대한 자연 친화적 삶을 목표로 하되 외부 사회와의 열린 연대를 추구하는 랜드매터스Landmatters, 무정부주의 학교의 실험장 파이데이아Paideia, 세계에서 가장 살기 좋은 마을로 알려진 마리날레다Marinaleda, 소비 없이도 살아갈 수 있는 공동체를 실험하는 칸 마스데우Can Masdeu, 노동자들이 직접 경영에 참여하는 자율 기업 즈레냐닌Zrenjanin, 완전한 자유 연애와 성생활을 표방하는 지상에서 가장 에로틱한 유토피아 제그ZEGG 등등. 저자들은 각양각색의 나우토피아에 들어가 직접 그들의 일상을 함께함으

로써 어떻게 하면 이 실존하는 유토피아들의 비전을 현실에
적용할 수 있는지 고민해왔다.

저자들이 제시하는 나우토피아 중에서 가장 성공적인 사
례는 바로 스페인의 마리날레다다. 세계적으로 성공한 '작
은 유토피아'의 대표 사례로 꼽히는 이곳은 실업률 0%, 토지
공급률 100%를 자랑한다. 도대체 어떻게 방 4개짜리 주택
을 월세 15유로에 공급할 수 있을까. 마리날레다의 해법은
이렇다. 스페인의 주택 가격 중에서 가장 큰 비중을 차지하
는 것은 토지다. 토지 가격이 주택 전체 가격의 절반 정도이
다. 그런데 마리날레다는 토지를 주민들에게 무상으로 제공
하기 때문에 집을 지으려는 사람은 건축자재 비용만 부담하
면 된다. 건축자재조차도 안달루시아 지방정부가 3만 유로
까지 지원해줄 뿐만 아니라, 거기에 매월 15유로와 시의회
의 지원금도 받을 수 있다. 마리날레다 시의회가 이런 파격
적인 정책을 시행할 수 있는 힘은 공공서비스 비용을 절감
하고 시민들의 자원봉사로 그 공백을 채우기 때문이다.

예컨대 마리날레다에는 경찰이 없다. 그로 인해 연간 35
만 유로를 절감할 수 있다고 한다. 도로 청소를 비롯한 각종

공공장소의 주요 업무는 매월 한 번 있는 '빨간 일요일'에 자
원봉사 그룹이 모여서 처리한다. '내 집을 내가 짓는다'는 선
에서 끝나는 것이 아니라 '남의 집도 우리가 함께 모여 짓는
다'는 정신으로 똘똘 뭉친 마리날레다 사람들은 주민들이
서로의 집을 지어준다. 건축에 문외한인 사람들을 위해 석
공과 목공 등의 건축 기술을 무료로 가르쳐주는 프로그램도
있다고 한다. 자본으로만 해결할 수 있다고 생각하는 모든
업무를 시민들의 '품앗이'로 해결하는 마리날레다는 어쩐지
우리네 옛 농촌공동체와도 비슷한 점이 많다.

  이 책을 읽으며 나는 유토피아에 대한 오랜 고정관념을
조금씩 깨뜨릴 수 있었다. 유토피아의 가장 큰 장애물은 '서
로 너무나 다르게 생각하는 사람들끼리의 본질적으로 화해
불가능한 갈등'이라 생각했다. 아주 오래전에는 정치적 갈
등과 이념적 갈등, 계급적 차이가 거의 없는 사람들끼리 모
이면 작게나마 유토피아적 공동체를 꾸릴 수 있을 거라고
생각해보기도 했다. 하지만 살면 살수록 그런 순진한 짐작
은 틀렸음이 증명되었다. 비슷한 이념을 공유하는 것처럼
보이는 사람들이 더 심하게 싸우고 더 심각한 갈등에 빠진
다. 서로 전혀 다르게 생각하는 사람들은 마주칠 기회 자체

가 별로 없기 때문이다. 마주친다 해도 대화 자체가 잘 되지 않기 때문에 날씨 이야기나 안부 이야기 같은 변죽만 울리게 된다. 대신 '비슷하게 보이는 사람들'은 '저 사람이 날 이해해주겠지' '저 사람은 내 의견에 동조할 거야'라는 지레짐작 때문에 더 심하게 실망하고, 서로에게 더 깊고 날카로운 상처를 남긴다.

　이제 내가 꿈꾸는 유토피아는 '비슷한 사람들끼리 모여 웬만하면 서로를 기겁하게 만들지 않는 공동체'가 아니라, '서로 아무리 다르다 하더라도, 존중하는 것을 포기하지 않는 공동체'가 되었다. 나에게 유토피아는 갈등과 분란을 통제하는 사회가 아니라 혼란과 분노 속에서조차도 인간의 마지막 아름다움을 찾아내는 곳이다. 지상에 없는 장소인 유토피아는 지금 여기서 조금이라도 더 나은 세상을 향해 힘겨운 한 발자국을 떼어놓는 '살아 있는 사람들'의 희망, 바로 '나우토피아'가 될 수 있다. 나우토피아는 어떤 고정된 상태가 아니라 끊임없이 더 나은 사회를 만들려고 애쓰는 구성원들의 의지와 실천의 다른 이름이 아닐까. 처음부터 모든 것이 갖춰져 있는 '주어진 평화'가 아니라 서로를 향해 그 무엇도 결코 '포기하지 않는다는 것'이 내가 꿈꾸는 유토피아다. 그러니 지금 바로 우리가 시작할 수 있는 '나우토피아'란 '아무런 나쁜 일도 일어나지 않는 곳'이 아니라 '어떤 나쁜 일 앞에서도 서로를 포기하지 않는 사회, 더 나아질 것이라는 희망을 놓지 않는 사회'가 아닐까.

인간의
가치를
위협하는
사물의
힘

무언가를 반드시 갖고 싶어 안달해본 적이 있는 사람은
안다. 때로는 사물이 사람을 잡아먹을 때가 있음을. 그것을
갖기 위해 앞뒤 가리지 않고 모든 노력을 다 기울이다 보면,
처음에 왜 그 물건에 반했는지, 도대체 왜 이 물건을 갖기 위
해 혈안이 되었는지, 그 시작조차 까맣게 지워지고 만다. 사
람들은 명품을 향한 집착 때문에 카드 빚에 쫓기기도 하고,
집이라는 거대한 사물을 갖기 위한 꿈 때문에 미래를 저당
잡히고 기꺼이 하우스 푸어가 되기도 한다. 사물이 상품이
되는 순간, 그 사물에는 가격이 매겨지고, 그 가격은 인간의
능력을 시험하며 '그 물건이 없어도 아무 불편 없이 잘 살 수
있었던 과거의 삶'을 깡그리 잊어버리게 만든다. 사물은 우
리를 행복하게 해주지만, 때로는 사물을 향한 소유욕 때문
에 우리 삶이 파괴되기도 한다. 아름다운 사물을 향한 소유

욕 때문에 삶을 탕진해버린 이야기 속의 대표적인 주인공이 바로 모파상의 「목걸이」에 등장하는 마틸드다. 「목걸이」는 첫 문장부터 잔인하게 시작된다. "가난한 월급쟁이를 가장으로 둔 집안에 운명의 신이 잘못 판단해 태어났다고 생각할 수밖에 없는 세련되고 아름다운 여자들이 태어나는 경우가 있다. 그녀도 그런 여자들 가운데 한 명이었다."

가난해 보이는 건
나랑 맞지 않잖아요

마틸드의 아름다운 외모와 가난한 처지는 마치 '어긋난 운명'처럼 그녀에게 주어졌다. 가난한 하급 공무원의 아내가 되었지만 항상 귀족들의 생활에 헛된 동경을 품고 있었던 마틸드. 그녀에게 어느 날 남편은 장관 부부가 주최하는 무도회의 초대장을 건네준다. 남편은 단순히 우울한 아내의 기분을 달래줄 요량이었지만, 아내는 더 큰 것을 원한다. 마틸드는 그날 무도회에서 가장 아름다운 여인으로 보이길 원하지만, 무도회에 입고 갈 번듯한 옷이 없다. 무도회 초대장이 마치 천국으로 가는 티켓인 양 마냥

들뜬 마틸드를 바라보며 남편은 연민을 느낀다. 마틸드가
꿈꾸는 것은 주목받는 삶이었다. 화려하고 거침없고 사치스
러운 삶. 누구나 부러워할 만한 아름다운 물건들을 집 안 가
득 채워 넣고 언제 어디서든 여왕처럼 행동하는 것. 자신이
있는 곳이 곧 세상의 중심인, 그런 삶을 꿈꾸는 그녀는 언제
어디서든 불행할 수밖에 없었다. 자기에게 없는 것만을 애
타게 선망하던 그녀에게 남은 것은 삶에 대한 불만과 귀족
들에 대한 질투뿐이었다.

　값을 매길 수 없는 골동품들이 놓인 고급 가구들이 있는 넓
은 응접실과 (…) 번쩍이는 은식기들, 요정들의 숲을 배경으로
고대의 인물들과 이국의 새들을 수놓은 장식 융단을 떠올렸다.
멋진 그릇에 담겨 나오는 맛 좋은 요리, 잉어의 분홍빛 살이나
맛있는 들꿩 고기를 먹으며 스핑크스의 미소와 함께 우아하게
오가는 대화를 상상했다. (…) 그녀는 향락을 좋아했고, 선망의
대상이 되고 싶었고, 남자들의 주목을 받고 싶었다.

　— 기 드 모파상, 최정수 옮김, 「목걸이」, 『기 드 모파상』,

　현대문학, 2014, 499~500쪽.

남편은 무도회에 입고 갈 옷이 없어 울상이 되어버린 마틸드에게 오랫동안 차곡차곡 모아둔 비상금을 내놓는다. 마틸드는 아름다운 옷을 장만하여 뛸 듯이 기뻐하지만 이번에는 '장신구'가 없다며 불평을 늘어놓는다. 옷은 비상금으로 간신히 마련했지만 값비싼 다이아몬드 목걸이는 전 재산을 팔아도 마련할 수 없는 것이었다. 남편의 소중한 비상금으로 마련한 드레스 정도로 마틸드가 만족했다면 「목걸이」의 비극은 하룻밤의 해프닝 정도로 끝났을 것이다. 하지만 마틸드는 한번 기회를 잡은 이상 절제 따위는 생각할 수도 없었다. "저는 보석도, 패물도, 몸에 장식할 것이라고는 아무것도 없으니 고민스러워서 그래요. 그런 모습으로 파티에 가면 얼마나 초라해 보이겠어요. 그럴 바에는 파티에 가지 않는 게 낫겠어요." 남편은 장미꽃이라도 달면 예쁠 것 같다고 마틸드를 설득해보지만, 그녀는 코웃음을 친다. "싫어요……돈 많은 여자들 틈에서 가난해 보이는 것처럼 모욕적인 일이 또 어디 있겠어요?" 그녀는 단지 무도회의 즐거움이 아니라 무도회의 유일한 주인공이 되고 싶어 하고, 그런 허영심을 만족시켜줄 화려한 목걸이가 필요했던 것이다. 그녀는 마침내 유일한 부자 친구인 포레스티에 부인에게서 멋진 목걸이를 빌려 무도회에 참석한다. 친구에게 빌린 아름다

운 목걸이는 신데렐라의 유리 구두처럼 그녀의 운명을 한순
간에 바꾸어줄 비장의 무기로 거듭난 것이다. "드디어 파티
날이 되었다. (…) 그녀는 누구보다도 아름답고 우아하고 매
력 있었으며, 기쁨에 도취되어 미소 짓고 있었다. 모든 남자
들이 그녀를 바라보았고, 이름을 물었으며, 소개받기를 원
했다." 마침내 파티의 주인공이 된 마틸드, 즉 루아젤 부인은
모두의 찬사를 받으며 멋지게 무도회를 치러낸다.

그때 그 목걸이를
잃어버리지 않았다면

그녀는 모두가 함께 즐겁게 웃고
떠드는 축제를 '나만의 공간'으로 전유해버린다. '모두가 나
를 선망의 눈빛으로 쳐다본다'는 생각에 도취되어 다른 아
무것도 생각할 수 없는 상태가 되어버린 것이다. 그녀는 '내
가 이 아름다운 세상의 중심이다'라는 환상에 빠져 정신없
이 춤을 추다가 그만 그 아름다운 목걸이를 잃어버리고 만
다. 그녀와 남편은 목걸이를 찾지만 결국 실패하고, 그때부
터 그녀의 인생은 곤두박질치고 만다. 그녀는 파리 시내를

샅샅이 뒤져 간신히 똑같은 목걸이를 발견하지만 엄청난 가격을 도저히 감당할 수 없다. 남편은 아버지께 물려받은 유산은 물론 집문서까지 모두 저당 잡혀 간신히 돈을 마련한다. "고리대금은 물론 질이 좋지 않은 사채업자와도 거래를 했다. 돈을 빌리기 위해 인생의 모든 목표를 위태롭게 했으며, 확실히 갚을 수 있을지도 모르면서 차용증에 서명을" 한 것이다. 그렇게도 고생하여 똑같은 목걸이를 감쪽같이 가져다주었지만, 포레스티에 부인은 마틸드에게 쌀쌀맞게 대한다. "좀 더 빨리 갖다줬어야지…… 내가 쓸 일이 생겼을 수도 있잖아." 심지어 그녀는 목걸이 상자 뚜껑을 열어보지도 않는다.

이제 마틸드에게 남은 인생은 오직 채무 변제뿐이었다. 감당할 수 없는 목걸이를 원했다가, 감당할 수 없는 채무를 떠맡게 된 마틸드는 남편과 함께 평생 온갖 궂은일을 해가며 인생의 밑바닥을 경험한다. 10년이 지나서 두 사람은 빚을 한 푼도 남기지 않고 깡그리 갚았다. 터무니없는 고리대금의 이자까지 모두 갚고 나자, 아직 젊은 나이임에도 불구하고 마틸드는 할머니처럼 변해버린다. 가난과 세파에 찌들어 우락부락하고 지독한 아줌마가 되어버린 마틸드는 가끔

옛날을 회상하며 '그때 그 목걸이를 잃어버리지 않았다면, 내 인생은 어떻게 되었을까'를 상상해보곤 했다. "인생이란 참 기묘하고 변화무쌍하다! 아무것도 아닌 일이 사람을 파멸시키기도 하고 구원하기도 하니 말이다!"

　오랜만에 샹젤리제로 산책을 나간 그녀는 여전히 아름답고 젊은 옛 친구, 바로 그 저주받은 목걸이의 주인인 포레스티에 부인을 만난다. 그녀의 눈부신 모습을 보자 마틸드의 가슴속에서 무언가 뜨거운 것이 치밀어 오른다. 분노와 질투와 원망과 억울함이 뒤섞여 마틸드는 갑자기 용감해진다. 이제 빚은 몽땅 갚았으니까, 전부 말해야지. 이게 바로 다 너 때문이라고. 너만 아니었으면, 너의 그 잘난 목걸이만 아니었다면, 내 인생은 이렇게 망가지지 않았을 텐데.

　"오랜만이야, 잔!" (…)
　"하지만 부인 저는 당신을 모르겠는데요. 사람을 잘못 보신 것 같아요."
　"아니야. 나 마틸드 루아젤이야. (…) 고달픈 일이 참 많았지. 그런데 그게 다 너 때문이었어! (…) 내가 돌려준 목걸이는 똑같지만 다른 물건이었어. 그걸 산 돈을 갚는 데 10년이 걸렸지. 빈 털터리였던 우리에게 그게 쉽지 않은 일이었다는 건 너도 짐작할 수 있을 거야. 하지만 이제 다 해결되었어. 그래서 마음이 아주 가뿐해." (…)

"그러니까 내 것 대신 다른 다이아몬드 목걸이를 사왔단 말이야?"

"그래. 아직까지 몰랐구나, 응? 하긴, 모양이 정말 똑같았으니까."

그녀는 자랑스러우면서도 순박해 보이는 기쁨의 미소를 지었다. 포레스티에 부인이 감정이 격해져서 친구의 두 손을 붙잡았다.

"오! 가여운 마틸드! 내 목걸이는 가짜였어. 기껏해야 500프랑밖에 나가지 않는!"

— 기 드 모파상, 앞의 책, 509~510쪽.

당신은 장미꽃만으로
충분히 아름다운데

마틸드가 10년 넘게 노심초사하며 자신의 인생을 걸고 변제하려던 그 채무의 원인, 목걸이는 가짜였던 것이다. 그녀는 어떻게 꾸미면 부자처럼 보이는지, 어떤 드레스를 입고 어떤 목걸이를 착용하면 가장 아름답게 보일 수 있는지는 알았지만, 정작 부자들의 진짜 본심은 몰랐다. 일단 포레스티에 부인은 그렇게 비싼 목걸이를 가난한 친구에게 빌려줄 리가 없었던 것이다. 마틸드는 몰랐다. 부자들의 눈에 비친 가난한 사람들이 어떤 모습인지. 그들이 소중한 물건을 잃지 않기 위해 얼마나 천연덕스럽게 거짓말을 할 수 있는지. 다이아몬드 목걸이를 왜 그렇게 늦게 가져오느냐고 신경질을 부리는 능청맞음까지. 그러나 더욱 본질적인 것은 사물의 호화로움 속에서 자기 존재의 가치를 찾으려고 했던 마틸드 스스로의 어리석음이었다.

그녀에게는 그 아름다운 목걸이의 끔찍한 주술에서 벗어날 몇 번의 기회가 있었다. 장미꽃 몇 송이만으로도 당신은 충분히 아름다울 거라는 남편의 조언을 받아들였더라면, 그녀는 목걸이를 빌리기 위해 부자 친구를 만나 애원할 필요가 없었을 것이다. 목걸이를 잃어버렸을 때, 똑같은 것으로 바꿔치기하기 전에 한 번이라도 솔직하게 친구에게 고백했다면, 그녀는 그토록 엄청난 빚을 떠맡지 않았을 것이다. 무엇보다도 마치 목걸이 하나에 인생이 걸린 듯 그것을 탐하지 않았더라면, 마틸드는 자신을 사랑해주는 남편과 함께 소박하지만 행복한 삶을 꾸려갈 수 있었을 것이다. 목걸이는 '결코 지금의 당신이 누릴 수 없는 것, 그러나 당신이 간절하게 원하는 그 무엇'이 되어 그녀의 보상받지 못할 허영을 만족시켜주었다. 하지만 목걸이는 결국 인생의 족쇄가 되어버리고 정작 그녀가 원래 누리고 있었던 평범한 삶의 가능성마저 완전히 박탈해버린다. 마틸드는 단지 친구의 '목걸이'를 원했지만 사실 그 목걸이의 안주인, 포레스티에 부인의 '화려한 삶'을 부러워했던 것이 아닐까. 목걸이는 바로 그녀가 가질 수 없는 모든 것의 안타까운 상징이 아니었을까.

이토록
시적인
비닐봉지가
있다니

이 저녁 전깃줄에 휘감겨 나는 듣네

수천 볼트의 전기 흐르는 소리

속에 용광로를 가진 것들이 허공에서 하염없이 흔들리는 소리

바람은 때없이 윙윙거리고 내 몸은 배추나비처럼 나풀거리네

나는 속을 가지지 않았네 간도 쓸개도 애초부터 없었다네

없는 것이 속이네 안이 밖이고 밖이 안이네

찢어진 나는 더 찢어질 것도 없는 나는 질긴 것이 힘이네

아무데나 감겨 그저 사시나무 떨듯 떠는 힘

그것도 힘이라면 나도 힘 하나 가졌네 그럼

이것 봐 허공에도 몸 감을 것 있다네

나 지금 거기 몸 감고 아득히 내려다보네

저기 아래 후미진 곳에서 잠시 찬 입술 부딪는 것들

아득히 취해 모퉁이 도는 것들, 고압선 아래 엎드린 집들

덤프트럭은 시절 없이 오가고 방범대원은 골목골목 호루라
기를 불어댄다네

상처들은 나무마다 환하고 그 사랑 가로등 아래 우울한 그늘
만드네

그러나 나, 감긴 몸 풀 길 없어 빈속으로 오래 견뎌야 하네

바람에 조금조금 찢기운 몸 날리며 한세상 버텨야 한다네,
공공공

허공 가득 개짖는 소리, 전선이 몸을 휘며 우네

속의 불들이 급히 흐르고

그 사이로 어둠은 가는비 내리네

내 몸이 사시나무 떨듯 떨리네

— **이경림, 「상처들은 나무마다 환하다 — 비닐새」,**

『시절 하나 온다, 잡아먹자』, 창비, 1997, 94~95쪽.

오래전 「아메리칸 뷰티」라는 영화를 보며 비닐봉지 하나
의 위력을 깨달았다. 영화의 모든 등장인물들이 전혀 행복
하지 않았다. 그들은 가정에서도, 일터에서도, 인간관계에
서도 깊은 외로움과 절망감을 느꼈다. 그토록 침울한 분위

기 속에서도 진흙 속의 연꽃처럼 빛나는 장면이 바로 비닐
봉지가 바람에 날려 이리저리 춤을 추는 듯한 장면이었다.
"그날은 마치 첫눈이 내릴 듯했어. 공중엔 자력이 넘실댔고,
춤 소리가 들렸어. 이해하지? 저 봉지는 나랑 춤을 추고 있
었어. 같이 놀자고 떼쓰는 애처럼. 무려 15분 동안이나. 그날
난 체험했어. 눈에 보이지 않는 세상과 신비롭도록 자비로
운 힘을. 내게 두려울 게 없다는 것을 깨우쳐줬지. (…) 너무나
아름다운 것들이 존재해. 이 세상엔 말이야." 비닐봉지는 마
치 '당신이 누구든 상관없으니, 당신이 어떤 기분이든 상관
없으니, 나와 함께 춤을 춰봐요!'라고 속삭이는 듯했다. 바람
의 속도와 방향에 따라 때로는 조용히 때로는 미친 듯이 휘
날리는 비닐봉지의 춤사위는 그 어떤 의도적인 안무보다도
눈부신 독무獨舞처럼 보였다.

　　바람에 따라 이리저리 휘날리는 비닐봉지에는 어떤 의도
도 꿍꿍이도 없다. 그저 흩날린다. 그저 날아오른다. 그저 덩
실덩실 춤을 춘다. 이경림 시인은 이 놀라운 존재를 '비닐새'
라고 이름 붙였다. 허공에서 하염없이 흔들리며, 비닐새는
이 세상 모든 것들의 소리를 듣는다. "수천 볼트의 전기 흐
르는 소리"도 듣고, "속에 용광로를 가진 것들이 허공에서

하염없이 흔들리는 소리"도 듣는다. 비닐새가 이토록 예민한 귀를 가지게 된 이유는 무엇일까. 그것은 그가 "속"을 가지지 않았기 때문이다. "나는 속을 가지지 않았네 간도 쓸개도 애초부터 없었다네"라는 고백에서 알 수 있듯이, 비닐새는 자신의 속내를 숨길 수가 없다. 자꾸만 바람이 비닐새의 속을 뒤집어 보여주기 때문이다. '속'인 줄 알았는데, 금방 '밖'이 되어버리기 때문이다. 뭔가 잔뜩 담겨 있는 것이 아니라, 아무것도 없는 것이 '속'이 되어버리고, 안과 밖이 구분되지 않아 안이 밖이고 밖이 안이 되어버린 것이다.

그리하여 비닐새는 '나'와 '나 아닌 것'을 굳이 구분하지 않는다. 그러나 비닐새의 힘은 바로 '질김'이다. "찢어진 나는 더 찢어질 것도 없는 나는 질긴 것이 힘이네"라는 고백에서 볼 수 있듯, 더 찢어질 것도 없는 존재, 언제든 찢길 준비가 되어 있는 비닐새는 바로 그 '질긴 것'을 자신의 힘으로 간직한다. 그렇게 자신의 질긴 힘을 간직한 채, 비닐새는 이 세상 모든 것을 깊은 애정의 눈으로 바라본다.

"아무데나 감겨 그저 사시나무 떨듯 떠는 힘"만으로 자신이 충분히 강하다고 느끼는, 이 착한 비닐새는 이 세상의 상

처를 바라보는 그윽한 눈을 지녔다. "아득히 취해 모퉁이 도
는 것들, 고압선 아래 엎드린 집들", 골목골목 호루라기를 불
어대는 방범대원들, 나무마다 환하게 빛나는 상처를 본다.
그리고 마침내 '그 사람'을 본다. "그 사랑 가로등 아래 우울
한 그늘 만드네." 어디선가 많이 상처받은 듯한 사랑하는 그
사람, 그의 상처를 오래오래 들여다본다. 하지만 이 비닐새
는 전선 위에 몸이 감겨 그에게 날아갈 수가 없다. 아무것도
넣지 않은 빈속으로, 오래오래 견뎌야 한다. 언젠가는 더욱
세찬 바람이 불어 전선 위에 감겨버린 내 작은 몸을 날아가
게 해주길. 아니면 거센 바람에 조금씩 몸이 찢겨, 언젠가는
눈에도 띄지 않는 너무 작은 비닐새가 되어 이 가벼운 몸조
차 사라져버릴지도 모른다.

비닐새의 간절한 고백을 천천히 곱씹다 보니, 나는 너무
'속'에 많은 것을 지녀 세상을 바라보는 시선에 인색해진 것
은 아닐까 되돌아보게 된다. 억울한 마음, 원통한 마음, 누군
가 내 노력을 알아주길 바라는 마음, 그리운 사람이 연락해
주기를 바라는 마음, 굳이 설명하지 않아도 내 마음을 다 알
아주길 바라는 마음, 이 모든 마음들이 내 안에서 시도 때도
없이 뒤척이고 펄럭인다. 이렇게 내 '속'에는 너무 많은 마음

들이 아웅다웅 다투고 있다. 이토록 많고 많은 열망과 집착 때문에 저 가볍디가벼운 비닐새처럼 텅 빈 마음으로 세상을 바라보지 못한다. 때로는 저 작은 비닐봉지에서 무한한 자유와 눈부신 춤사위를 발견해내는 시인의 마음처럼, 그렇게 내 모든 집착과 열망을 내려놓고, 텅 빈 마음으로 당신을, 나를 그리고 이 세상을 바라보고 싶다.

그랜드 투어,
세상을
배우려는
꿈의
결정판

'그 사람 외국 물 좀 먹었다'는 표현 속에는 '외국 생활을 향한 막연한 동경'과 '외국에 갔다 온 티를 내는 것'에 대한 반감이 동시에 깃들어 있다. 우리나라에서 '외국 물'이라 하면 주로 서양 문화를 향한 동경이 짙게 깔린 게 사실이다. 흥미로운 것은 이런 '외국 물'에 대한 동경이 서양 내부에서도 일어났다는 점이다. 현대 사회의 유학이나 해외여행의 시발점으로 알려진 '그랜드 투어'가 바로 영국의 유럽 대륙을 향한 막연한 동경에서 비롯된 열망이다. 오늘날 '세계화'를 향한 열망이 그 당시에는 로마나 파리를 향한 동경에 집중됐다는 점만 달랐을 뿐이다.

역사학자 설혜심의 『그랜드 투어』는 현대 사회의 조기 유학이나 어학연수의 기원을 영국 엘리트층의 그랜드 투어 열풍에서 찾는다. 그랜드 투어는 역사상 최초로 교육을 전면에 내세운 여행이라는 점에서 매우 독특한 위치를 차지한다. 이 사치스러운 여행은 소수 엘리트만이 누릴 수 있었지만, 그 문화적 파급효과는 엄청난 것이었다. 그랜드 투어의 스케줄은 오늘날 유럽 패키지여행의 일정표와 거의 비슷한 장소를 공유한다. 오늘날 사람들이 '죽기 전에 꼭 해보고 싶은 일들'을 적은 버킷리스트에서 자신도 모르게 본능적으로 가장 먼저 떠올리는 '세계 일주'를 향한 꿈이 18세기 영국에서 본격적으로 시작된 것이다. 당시 여행은 그야말로 '살아 있는 교육'이 될 수도 있었지만, 도박이나 성매매 등의 유혹에 빠질지 모르는 위험한 도전이 될 수도 있었으며, 낯선 땅에서 혼자 병에 걸려 죽을지도 모르는 위험 또한 감수해야 하는 일이었다. 그랜드 투어를 다녀온 후 한층 성숙해져 그야말로 '세계시민'이 될 소양을 닦아 온 젊은이도 있었지만, 도박과 음주에 빠져 타락해버린 젊은이도 있었다. 당시 유럽 대륙에서는 도버해협을 건너 밤낮없이 그랜드 투어를 시도하는 젊은이들을 일컬어 '영국인의 대륙 침공'이라 표현할 정도였다고 한다. 영국에서 시작된 이 해외여행 열풍은 유럽 전역으로 확장돼 마침내 그랜드 투어는 엘리트 교육의 최종 단계로 자리매김하게 된다.

멀리 나가야
더 많이 본다

　　　　　　　　　바깥세상을 경험해야 넓은 시야를
갖는다는 생각은 섬나라 영국에서 더욱 커다란 힘을 발휘했
다. 당시에는 강대국이 아니었던 영국은 오랫동안 유럽 대
륙의 발전된 문명을 동경했다. 17세기 베스트셀러이던 『해
외여행 지침』에는 이런 구절이 나온다. "섬나라 사람들에게
는 특히나 해외여행이 필요하다. 왜냐하면 그들은 세상 다
른 나라와 단절되어 있기 때문에 다른 사회가 어떻게 돌아
가는지, 무슨 장점을 가지고 있는지를 알 길이 없다. (⋯) 그래
서 더욱 발달한 다른 나라 사람들과 교류하면서 문명이 발
생하고 세련되어지는 과정, 그것을 가능하게 한 학문과 지
혜를 알아야 한다."

　영국인이 가진 문화적 열등감의 타깃은 찬란한 그리스·
로마 문명뿐 아니라 프랑스의 화려한 궁정 문화이기도 했
다. 그들은 더 멀리 떠날수록 더 많이 알게 된다는 것, 나아
가 낯선 세상에 가서 깨지고 부딪혀보아야 '진정한 젠틀맨'
이 될 수 있다는 생각을 그랜드 투어를 통해 증명하고 싶

어 했다. "아는 사람이 아무도 없는 곳에서 자고, 이전에 전혀 본 적이 없는 사람과 말하고, 아침이 밝기도 전에 떠나 늦은 밤까지 여행하고, 어떤 말馬이나 어떤 기후도 견뎌내고, 어떤 음식과 마실 것도 다 경험해봐야 하는 것이다." 음식이 바뀌어도, 기후가 바뀌어도, 침구와 가구가 모두 바뀌어도, 어디서나 잘 자고 잘 지내야 2~3년씩이나 지속되는 그랜드 투어의 대장정을 견딜 수 있었던 것이다.

살아 있는
인생 학교를 꿈꾸다

그랜드 투어 안내서인 『유익한 가르침』에서는 해외여행의 위험을 경계하는 사람들이야말로 "지하 감옥에 갇힌 채 세상을 여행하는 외로운 죄수"라고 비판하면서 진정한 리더가 되려면 책만 읽는 백면서생이 아니라 다양한 분야에서 활동하는 사람들과 외국인들을 많이 만나봐야 한다는 내용이 등장한다. 『유익한 가르침』은 뛰어난 학자야말로 최고의 여행자가 될 수 있다고 선언하며, 공부를 통해 얻은 학식과 여행을 통해 얻은 경험이 더해질 때 완벽한 인간이 될 수 있다고 주장하기도 했다.

　그랜드 투어 이전에도 물론 여행을 향한 동경이 존재했
다. 낯선 문화를 향한 동경에 불을 붙인 아름다운 문장 중에
는 이탈리아의 시인 페트라르카의 것도 있다. "인간의 우월
한 사고 속에는 새로운 곳을 보고 싶어 하고 자꾸 다른 곳에
서 살아보고 싶어 하는 염원이 내재되어 있다." 그런데 기존
의 여행 문화와 그랜드 투어의 결정적 차이 중 하나는 그 목
적이 '공교육의 한계를 뛰어넘기 위한 열망'에서 비롯됐다
는 점이다. 17세기 말에서 18세기 초까지, 옥스퍼드나 케임
브리지 대학의 위상은 한없이 추락했다. 대학의 인기가 시
들해진 가장 큰 이유는 진부한 교과과정이었다. 실생활과는
전혀 관련이 없는 라틴어 고전 위주의 교육은 학생들의 지
적·문화적 욕구를 채워줄 수 없었다.

　대학교수로도 활동했지만 그랜드 투어의 동행 교사 생활
도 경험해본 애덤 스미스는 당시의 대학 교육을 날카롭게
비판하며 "일반적으로 기부 재산이 많은 가장 부유한 대학
들이 개선에 가장 게으르고, 정해진 교육 계획에 대한 중대
한 변혁을 가장 싫어했다"라고 지적하기도 한다. 『프랑켄슈

타인』을 쓴 메리 셸리의 어머니이자 제1세대 페미니스트였
던 메리 울스턴크래프트는 공교육과 사교육 모두를 문제 삼
았다. 학생이 집에서 양육될 경우, 좀 더 질서 정연하게 학습
계획을 따라갈 수 있을지는 모르지만 하인들 위에 군림하는
법을 먼저 배우게 되고 신사의 예의범절에 집착하는 어머
니들 탓에 허영심만 가득하고 나약해진다고 지적했고, 영국
학교의 현실에 대해서는 다음과 같이 판단한 것이다. "나는
학교들이 지금과 같은 상태로 운영된다면 악과 우둔함의 온
상밖에 될 수 없다고 생각한다. 아마도 거기서 경험할 인간
의 본성은 단지 교활한 이기심뿐일 것이다."

　공교육으로도 사교육으로도 만족할 수 없는 학부모와 학
생들의 열망을 충족시켜줄 만한 제3의 대안으로 나타난 것
이 해외여행과 해외 아카데미 수학이었다. 18세기 유럽에서
는 그야말로 인문학 열풍이 불어 브뤼셀, 마드리드, 베네치
아, 런던 등 유럽 곳곳에서 역사 철학 시 수사학 등 인문학을
가르치는 아카데미가 붐을 이뤘다. 승마, 프랑스어, 춤 등을
가르치는 수업도 있었다. 애덤 스미스조차 대학과 같은 공
공시설이 아니라 사립 아카데미에서 가장 훌륭한 교육이 이
뤄진다고 평가했다. 여기서 여행지로 선택된 곳은 르네상스

휴머니즘이 이상화한 고대 그리스·로마의 유산이 남아 있
는 곳이었다. 즉 여행을 교육과 연결한 휴머니스트들이 이
상향으로 꼽았던 로마를 최고의 목적지로 삼은 것이다.

영국 사학자 브루스 레드퍼드는 그랜드 투어를 정의할 네
가지 요소를 이렇게 정리했다. 첫째, 영국의 젊은 남자 귀족
혹은 젠트리가 여행 주체다. 둘째, 전체 여행을 책임지고 수
행하는 동행 교사가 있다. 셋째, 로마를 최종 목적지로 삼는
여행 스케줄이 있다. 넷째, 평균 2~3년에 이르는 장기 여행
이다. 하지만 이렇게만 한정하기에는 그랜드 투어의 범위가
무척 넓었다. 중년 이후 그랜드 투어 열풍에 합류한 사람들
도 있었고, 그랜드 투어의 범위 자체가 그리스·로마를 넘어
유럽 전역으로 확장됐다. 그랜드 투어는 한때 엘리트 교육
의 상징이자 계급적 차별화를 더욱 가속화하는 도구였지만,
그랜드 투어의 모든 스케줄과 아카데미의 모든 교육은 현대
인의 패키지여행 상품에서도 반복되고 있다. '그들만의 리
그'이던 그랜드 투어가 이제 수많은 사람의 '황금 휴가 프로
젝트'로 대중화한 것이다.

삼인삼색
여행기를
통해
나의
여행을
그리다

　멋진 사진으로도 미처 다 담을 수 없는 소중한 장소를 발견하면, '이곳을 꼭 지켜주고 싶다'는 생각이 든다. 어쩌면 그곳에 덜 찾아가는 것이 그곳을 무사히 보존하는 길일지도 모른다는 생각 때문에 서글퍼지기도 한다. 과거에는 명품이 경제적 풍요의 상징이었다면, 이제는 해외여행이 문화적 풍요의 상징으로 자리 잡아버렸다. 하지만 여행자의 인식은 해외여행자 연간 3,000만 명 시대라는 초유의 상황에 비하면 그다지 발전하지 못했다. 여행은 아직도 철저히 인간 중심적 행위다. 보다 장소 친화적 여행, '나'보다는 '그곳'을 지켜주고 배려하는 여행이 절실한 요즘이다. '어떻게 효율적으로 여행할 것인가'에 대한 정보는 누구나 쉽게 검색할 수 있지만, '지혜로운 여행자가 되는 방법'은 스스로 탐구해야 하지 않을까.

로버트 고든의 『인류학자처럼 여행하기』는 인류학의 연구 방법인 철저한 '현지 조사'와 '참여 관찰'을 여행에 적극 활용하여 여행의 품격은 물론 장소의 품격을 존중하는 길을 알려준다. 상품화된 패키지여행을 넘어 반드시 현지에 가서 직접 발로 뛰어야만 알 수 있는 문화의 속살과 접촉하는 길. 그것은 일시적 쾌락을 소비하는 여행이 아닌 현지인들과 적극적으로 소통하는 몸짓에서 시작된다. 우리는 물건의 가격을 흥정하면서 단지 가격을 깎는 것이 아니라 현지인들의 가치관과 접촉하는 것이며, 입에 맞지 않는 현지 음식을 꾹 참고 먹으면서 그들의 음식 문화에 스며든 생생한 역사의 흔적을 더듬는 것이다. "아무도 가르쳐주지 않는 해외여행에서의 배변 문제"라든지 "여행자 특히 여성 여행자를 위한 안전 대비책"은 실질적 도움을 주고, "모험과 쾌락 뒤에 존재하는 불평등", "신제국주의로서의 해외여행"에 대한 비판적 성찰은 더 나은 여행 문화를 성찰하는 거울이 되어준다.

『그리스의 끝 마니』는 여행이란 아름다운 장소를 향한 미학적 갈망에서 시작된다는 나의 통념을 깨뜨려주었다. 마니는 결코 아름다운 장소가 아니다. 피비린내 나는 전쟁과 디아스포라의 상처로 얼룩지고 멍든 공간이다. 하지만 겉으로는 쓸쓸하고 황량해 보이는 그리스 남부 펠로폰네소스 지방의 마니는 상처의 틈새로 피어오르는 희망의 속살만이 뿜어내는 아름다움을 지닌 곳이다. 겉모습이 아름다운 곳이 아니라 장소가 품어온 수많은 영혼의 상처들로 인해 비로소 아름다워진 곳인 셈이다. "여행이란 삶이 작은 조각으로 산산이 부서졌다가 제자리로 돌아오는 느낌을 열망하는 것이다." 자신의 삶이 산산이 해체되어 조각나고, 다시 처음부터 인생을 설계하고 미래의 주춧돌을 깔아 '나'를 새로이 건축하는 것. 그것이야말로 여행이 선물하는 가슴 저린 통과의례의 과정이다. '크레타의 게릴라 대장'이라 불리는 전쟁 영웅이자 작가인 패트릭 리 퍼머의 모험으로 가득 찬 이야기는 '여행안내서가 알려주는 대로' 얌전히 따라만 다니던 모범생들의 피를 끓게 할 것이다. 1933년 18세 되던 해 네덜란드에서 시작된 도보 여행은 터키의 콘스탄티노플을 거쳐 그리스까지 이어졌고, 이 용감한 무전여행자는 농가의 헛간에서부터 귀족의 손님용 침실에 이르기까지 온갖 낯선 장소들을 자신만의 공짜 게스트 하우스로 만들어버린다.

『헤세의 여행』은 평생 수많은 여행을 통해 창작의 영감을 얻어온 헤르만 헤세의 기행문 모음집이다. 그는 아름다운 풍경을 탐욕스레 폭식하는 여행이 아니라 가닿는 장소의 굴곡마다 깊숙이 숨어 있는 자신의 오랜 그리움과 만난다. 헤세 여행의 키워드는 가장 자기다운 장소를 향한 노스탤지어다. "나는 7월의 따뜻한 어느 날 저녁 시간에 태어났다. 나는 그 시간의 온도를 알게 모르게 평생 좋아하며 찾아다녔다. 그 온도가 아니면 나는 고통스러운 마음으로 아쉬워했다." 24세부터 50세까지 끊임없이 여행했던 그의 여행 루트는 독일과 이탈리아는 물론 말레이시아, 스리랑카, 인도에 이르기까지 유럽과 아시아를 아우른다.

내 오랜 여행의 유일한 비결은 지쳐 쓰러질 때까지 걷고 또 걷는 것이다. 그렇게 도보 여행을 계속하다 보면 가기로 계획하지 않았던 장소에 알 수 없는 이끌림을 느끼는 때가 있다. 왜 하필 이 장소, 이 물건, 이 사람, 이 향기에 매혹되는 것일까. 내 무의식의 안테나와 어떤 장소의 안테나가 뜻밖의 교신을 시작하는 순간. 그 매혹, 그 이끌림, 그 해부 불가능한 설렘의 뿌리를 생각해보는 때가 바로 나만의 내밀한 마음 여행이 시작되는 순간이다. 여행은 걷기의 단순하고 명쾌한 행복을 되찾게 만든다. 나는 오늘도 꿈꾼다. 소비하고 폭음하고 탕진하는 여행이 아니라, 낯선 거리를 천천히

거닐고, 알 수 없는 타인의 마음을 헤아리고, 어디선가 잃어

버린 내 싱그러운 첫 마음의 흔적을 찾아 떠나는 마음의 여

행을.

마음의
도서관에
책을
남기는
방법

나는 작별 인사를 하고 난 후 삼 초쯤 뒤 뒤돌아서서, 방금 만난 사람의 멀어지는 뒷모습을 물끄러미 바라보는 버릇이 있다. 그렇게 하면 신기하게도 바로 삼 초 전의 시간이 영원한 노스탤지어의 대상이 되어버리는 듯한 서글픔이 밀려온다. 살면 살수록 오늘 이 순간의 한 번뿐인 인연이 보물처럼 여겨진다. 책 또한 그렇다. 방금 만났지만 금세 그리워지는 사람처럼, 읽고 난 후 얼마 지나지 않았는데도 하루빨리 다시 펼쳐보고 싶은 책이 있다. 좋은 책은 책과 얼굴 사이에 가로놓인 수십 센티미터 반경의 좁은 공간을 영원히 잊을 수 없는 어엿한 장소로 만들어준다. 좋은 책은 마치 꼭 한 번 다시 방문하고 싶은 여행지처럼 그 자체로 하나의 오롯한 장소가 되어준다. 하지만 처절하게 실패한 독서도 이에 못지않은 깨달음을 준다. 사실 뼈아픈 실패를 제대로 할수록 책을 고르는 감식안이 길러진다. 『왜 책을 읽는가』의 저자 샤를 단치는 이 실패한 독서의 묘미를 깨친 사람이다. 그는 훌륭한 독서가가 되는 유일한 길이 바로 많이 부딪혀보고, 많이 실패하는 것이라고 조언한다.

그는 창조적 글쓰기만큼이나 창조적 독서가 중요함을 강조한다. 창조적 독서의 첫걸음은 일단 감정에 솔직해지는 것이다. 그는 '실패한 독서'의 목록을 화려하게 펼쳐 보이며 그 작품들이 얼마나 형편없는지 증언하는가 하면, 이런 작품을 쓴 작가의 은밀한 속내까지도 간파해내며 독자에게 통쾌함을 선물한다. 그는 전 세계를 강타한 베스트셀러 『연인』의 작가 마르그리트 뒤라스를 향해서도, 『해리포터』의 작가 조앤 K. 롤링이나 『트와일라잇』의 작가 스테파니 메이어를 향해서도 가차 없는 비판의 칼날을 내리친다. 『트와일라잇』은 발간되기 전 열네 군데 출판사에서 딱지를 맞았는데, '안타깝게도' 열다섯 번째 출판사가 나타나 '애석하게도' 이 책이 세계적인 베스트셀러가 되었다는 대목에서는 지하철에서 나도 모르게 웃음을 참지 못하고 키득거리다가 얼굴이 빨개졌다. 그러나 그는 독자가 아무리 '작품'을 이해해도 '작가'를 이해할 수는 없음을 인정한다. 작가의 명성에 기죽을 필요는 없지만, 우리가 책을 통해 바라보는 저자는 지극히 단편적인 모습일 뿐임을 긍정할 때 창조적이면서도 겸허한 책 읽기는 가능해진다.

샤를 단치는 이성의 독서보다 감성의 독서를 중시한다. 그는 열정이야말로 최고의 이성임을, 감성의 독서는 결코 이성의 독서와 분리될 수 없음을 강조한다. 창조적인 독서의 클라이맥스는 바로 '쓰면서 읽기'다. 책을 읽으며 꿈틀거리는 독자의 감성을 빠짐없이 메모하는 것이야말로 책의 에너지를 삶의 에너지로 변환시키는 행위다. 책을 그저 인테리어 소품이 아닌 '마음의 도서관' 속에 남기는 방법은 저자와 맞짱 뜨면서 마치 속기록을 쓰듯이 자신의 생각을 글로 표현해보는 것이다. 하여 '최대한 느리게 읽기'가 최고의 독서법이 된다. 쉽고 빠르게 읽은 글은 이상하게도 덧없고 실없이 사라져버린다. 달콤하면 차라리 뱉고, 쓰디쓸수록 오히려 삼켜봐야 한다. 느릿느릿 되새김질하며 읽지 않은 책은 그저 '정보'에 그칠 뿐 진정한 '지식'이 되지 않는다. 그렇게 공들여 읽은 책들만이 삶의 온도를 진정으로 바꿀 수 있다. 내가 감동적으로 읽은 책들은 거의 행간마다 무수한 메모와 물결무늬 밑줄로 가득하다.

내게 독서는 지식을 얻는 통로이기도 하지만 '마음 챙김의 무기'이기도 하다. 이 마음 치장의 힘은 의외로 강력하다. 나는 삶에서 도망치고 싶어 독서로 피난하지만, 독서를 끝내고 다시 삶으로 귀환할 때마다 조금씩 강인해짐을 느낀다. 샤를 단치는 내면을 단련시키는 독서의 힘을 이렇게 설명한다. "진지하고 난폭하지 않은 삶, 경박하지 않고 견고한 삶, 자긍심은 있되 자만하지 않는 삶, 최소한의 긍지와 소심함과 침묵과 후퇴로 어우러진 그런 삶"이야말로 독서가 곧 인생이 되는 삶이라고. 책은 실용주의가 난무하는 세상에서 초연히 고독한 사유의 편에 선다고. 멸망한 제국은 사라지지만, 천 년 전 시인들의 작품은 아직 남아 있다고. 독서는 죽음의 꼭두각시가 되기를 거부하며 인생의 아름다운 복잡성을 회복시킨다고. 남들에게 보이는 나에만 치중하느라 보이지 않는 나를 가꾸는 법을 잊어버린 현대인에게, 고독은 피해야 할 대상이 아니라 공들여 되찾아야 할 내면의 보물이 되었다. 명함과 명품과 명성에 나 자신의 존엄을 팔지 않기 위해, 내 영혼이 원래 지닌 소박한 빛깔로 세상과 당당히 맞서기 위해, 나는 오늘도 가만히 책 속에 얼굴을 묻는다.

사이의
존재들을
향한
공포와
매혹

어린 시절 TV에서 봤던 가장 무서운 영화의 주인공은 드라큘라였다. 공포의 못난이 「사탄의 인형」 처키도, 「여고괴담」의 소녀 귀신들도 무섭긴 했지만 드라큘라에 대적할 수는 없었다. 초등학교 시절 덧니가 송곳니처럼 뾰족하게 돋아나는 친구들은 '드라큘라'라는 별명을 얻기도 했고, 겁 많은 여자아이들을 골려주는 데 재미 붙인 개구쟁이 소년들은 어설프게 드라큘라 흉내를 내며 놀이터를 울음바다로 만들어놓기도 했다. 다른 괴물들의 그저 무시무시한 외모만으로는 드라큘라만이 자아낼 수 있는 생생한 공포를 따라갈 수 없었다.

돌이켜보면 드라큘라의 공포는 다른 괴물들처럼 주로 '시각적'인 것이 아니라 '촉각적'이거나 '후각적'인 것이었다. 주

로 시각적인 공포에 호소하는 여타의 괴물들과 달리 오감을
총체적으로 자극하는 매력적인 괴물이었다. 드라큘라가 나
오는 영화가 끝날 때면 나는 나도 모르게 목덜미 주변을 어
루만지며 안도의 한숨을 내쉬곤 했다. 그 날카로운 이빨로
하필이면 연약한 목덜미를 물어뜯다니, 얼마나 끔찍하게 고
통스러울까. 게다가 드라큘라가 입맛을 다시곤 하는 그 비
릿한 피 냄새란 상상만 해도 어질어질했다. 루시의 목에 남
은 드라큘라의 선명한 이빨 자국은 오랫동안 머릿속에서 지
워지지 않았다. 게다가 온몸의 피를 단숨에 들이켤 듯 탐욕
스러운 드라큘라의 식욕이라니.

　그런데 이상하게도 드라큘라가 나오는 수많은 영화는 청
소년 관람 불가이거나 미성년자 관람 불가였다. 뭔가 이상
했다. 어른들은 뭔가 은밀한 것, 뭔가 폭력적인 것을 숨기기
를 좋아하는데. 나는 사춘기를 지나면서 드라큘라의 에로틱
한 매력을 알게 되었다. 특히 남성들에게 인기 폭발이었던
루시가 드라큘라에게 목을 물린 후 몽유병 환자처럼 밤마다
그를 찾아 나서는 장면은 오랫동안 기억에 남았다. 마치 드
라큘라에게 목을 물어뜯기기를 자발적으로 원하는 듯한 루
시의 목마른 표정은 사춘기 소녀들의 호기심을 자극하기에

충분했다. 해마다 어김없이 드라큘라와 관련된 영화가 전
세계적으로 양산되는 것은 단지 서늘한 '공포' 때문이 아니
라 누구도 거부할 수 없는 은밀한 성적 매력 때문일 것이다.
다른 괴물들이 결코 드라큘라의 매력 지수를 따라잡지 못하
는 것은 당연하다. 이렇게 매력적인 괴물을 어떻게 마늘이
나 십자가 따위로 퇴치할 수 있겠는가.

  예로부터 사람이 사는 곳에서는 어디서고 흡혈귀가 존재한
다고 알려져 왔습니다. 고대 그리스와 고대 로마에도 흡혈귀는
있었습니다. 지금은 독일 전역에서 창궐하고 있고, 프랑스와 인
도, (…) 우리와 모든 면에서 판이한 중국에도 있어, 사람들이 그
자를 두려워합니다. (…) 흡혈귀는 세월이 흐르면 죽어 없어지는
존재가 결코 아닙니다. 그자는 산 사람의 피로 몸을 살찌울 수
있을 때 활개를 칩니다. 아니, 우리가 직접 보았듯이 더 젊어지
기까지 하며, 생명력은 더 강해집니다. (…) 그자에겐 그림자가
없고, 거울에도 모습이 비치지 않습니다.

  ― 브램 스토커, 이세욱 옮김, 『드라큘라 하』,

   열린책들, 2014, 413~414쪽.

무서울수록
더욱 매혹적인

드라큘라가 굳이 노력하지 않아도 각종 미디어를 통해 '저절로' 뇌리에 각인되는 존재였다면, 프랑켄슈타인은 저 악명 높은 공포의 대명사로서 사회적 위치에 비해 제대로 알려진 것이 별로 없다. 알고 보니 『프랑켄슈타인』은 원작의 스토리를 보존한 채 영화로 개작되기보다는 원작의 내용을 적극적으로 변형시킨 상태에서 유통된 경우가 많았다. 우선 프랑켄슈타인은 괴물 자신의 이름이 아니라 괴물을 만든 박사의 이름이었고, 괴물은 언제나 '그 악마' 또는 '그것'으로 불릴 뿐이다. 한 번도 이름을 불리지 못한 괴물의 슬픔은 인간의 입장에서 삭제되기 딱 좋은 내용이었던 것은 아닐까.

게다가 원작의 프랑켄슈타인이 매우 지적 수준이 높고 화술이 뛰어났으며 매력적인 감수성을 지닌 존재였다는 것은 소설을 제대로 읽어야만 알 수 있을 정도다. 『프랑켄슈타인』의 부제가 '현대의 프로메테우스'라는 점도, 저자가 시인의 아내이자 아름다운 여성 작가였다는 점도, 원작을 직접

접해보지 않는 한 알기 어렵다. 즉 『프랑켄슈타인』은 드높은 명성에 비해 여전히 베일에 싸인, 비밀의 텍스트다.

'현대의 프로메테우스'라는 부제처럼, 제우스의 불을 훔쳐 인간에게 가져다준 프로메테우스의 형벌은 인간의 힘으로 생명을 창조한 프랑켄슈타인 박사에게 전이된다. 박사는 자신의 인생을 바쳐 남녀의 성적 결합 없이 생명을 창조하는 방법을 개발했지만, 인간의 시체에서 뽑아낸 각종 잔해를 조합해 만든 괴물은 결정적으로 너무 '끔찍한 외모'를 지닌 생명체였다. 박사는 태어난 아기를 안아보거나 이름을 붙여주기는커녕, '괴물-아기'가 태어나자마자 냅다 도망친다. 그로부터 '아버지'를 찾기 위한 괴물의 기나긴 여정이 시작된다. 괴물은 인간의 가족을 몰래 엿보며 그들의 대화를 통해 인간의 언어를 배우고 인간의 문학과 철학과 역사를 독학으로 마스터하는 천재적 재능을 발휘한다.

인간의 언어를 말할 수 있다면, 인간의 학문과 예술을 이해할 수 있다면, 사람들은 더 이상 그의 외모만 보고 도망치거나 공격하지는 않을 거라고 믿었던 것이다. 하지만 그의 지극히 '정상적인' 예상은 빗나가고 만다. 사람들은 그의 '말'

따위는 전혀 들어주지 않는다. 그의 겉모습을 보자마자 겁 많은 사람들은 줄행랑을 치고, 조금 용감한 사람은 잔인한 린치를 가하며, 다소 소심한 사람들은 멀리서 무기가 될 만 한 물건들을 던진다. 그는 세상 누구와도 소통할 수 없고, 세 상 누구와도 친구가 될 수 없는 자신의 처지를 절감하고 비 로소 진짜 '괴물'이 될지도 모른다는 생각을 하게 된다. 진짜 괴물이 되기 전에 한 번만 아버지를 만나 부탁하고 싶다. 나 와 똑같은 나를 꼭 닮은 나의 연인을 만들어달라고. 나의 외 모 때문에 나를 타박하지 않을, 나의 '짝꿍'을 하나만 만들어 준다면, 나를 저주하고 추방한 이 세상 전체를 용서하고 조 용히 은둔할 것이라고. 하지만 마침내 만난 '아버지'는 그의 소원을 들어주는 척하다가, 그를 닮은 '괴물-암컷'이 태어나 려는 순간, '그녀'를 갈가리 찢어발기고 만다. 괴물-프랑켄슈 타인이 자신의 창조주인 인간에게 품었던 마지막 기대가 무 너지는 순간이다. "남자는 가슴에 안을 아내를 찾고 짐승도 짝을 가지는데 나만 혼자 지내라는 말인가? 내게도 사랑하 는 감정이 있는데 돌아오는 것은 혐오와 멸시뿐이야."

처음이자 마지막으로 '아버지'에게 부탁한 소원이 이뤄지 지 않자 드디어 '그것'은 '아버지' 빅터 프랑켄슈타인 박사를 향한 분노를 제대로 표출하기 시작한다. 프랑켄슈타인이 사랑하는 존재들을 파괴하는 것, 그의 '편'이라 믿었던 존재들을 하나씩 이 세상에서 삭제하는 것. 그것이 괴물이 생각한 '복수'의 방식이었다.

인간과 비-인간의
경계는 무엇인가

　　　　　　　　드라큘라와 프랑켄슈타인의 공통점은 단지 그들이 가장 인기 있는 공포물의 주인공이라는 점에 그치지 않는다. 드라큘라를 '분석'하기 위해 동원된 방법과 프랑켄슈타인을 '창조'하기 위한 방법은 모두 '과학'이었다. 즉 드라큘라와 프랑켄슈타인은 모두 '과학의 승리와 과학의 한계'를 동시에 보여주는 문제적 인물이다. 드라큘라를 논리적으로 분석하기 위해 각종 과학적 도구를 동원하는 사람들에게 반 헬싱은 말한다. "아, 그건 사람들의 잘못이라기보다는 우리가 하는 과학의 잘못이지. 과학은 모든 걸 설명하려고 들거든. 그러다 설명이 안 되면, 설명할 게 없다고 말해버리지."

드라큘라의 접근을 막기 위해 반 헬싱 일행이 사용한 것이 첨단 과학무기가 아니라 십자가와 마늘이었다는 것, 드라큘라를 처단하기 위해 동원된 무기도 총이 아니라 칼이었다는 점은 현대 과학이 드라큘라를 실제로 저지하는 데 별 도움이 되지 못했다는 점을 증명한다. 드라큘라와 프랑켄슈타인은 '과학적인 것'과 '비과학적인 것'의 경계를 흐릿하게 만들면서 '논리'라는 거대한 환상을 믿는 인간의 이성을 풍자하는 존재이기도 한 것이다.

드라큘라는 인간인가 비인간인가, 드라큘라는 죽었는가 살았는가. 우리는 이런 질문에 논리적으로만 대답할 수 없다. 프랑켄슈타인은 인간인가 괴물인가, 프랑켄슈타인은 과학의 승리인가 과학의 실패인가. 이런 질문에 대해서도 쉽게 단정할 수 없다. 드라큘라는 인간이면서도 인간이 아닌 존재, 죽었지만 살아 있는 존재이며 프랑켄슈타인은 인간이면서도 괴물이고, 과학의 승리와 실패를 동시에 보여주는 존재이기 때문이다.

죽은 자도 아니고 살아 있는 자도 아닌 존재, 저승의 계단을 드나들면서 밤이나 낮이나 저승에서 나와 사람들 곁에 머무는 존재, 증오와 사랑, 선과 악 같은 대립적인 것을 합하는 존재, 모든 규칙을 위반하는 존재, 구세주이자 지옥의 사자, "죽음 속에 생명을 불어넣는다고 주장하는 검은 그리스도", 어두운 힘을 발산하는 존재, 배고픔과 목마름을 지닌 괴물 같은 존재, 공포와 죽음의 갈망을 지닌 존재, 고독을 두려워하는 존재.

— **클로드 르쿠퇴, 이선형 옮김,『뱀파이어의 역사』,**

푸른미디어, 2002, 243쪽.

 드라큘라와 프랑켄슈타인의 또 다른 공통점은 그들 또한 '인간'이 되고 싶어 한다는 점이다. 그들은 더 이상 인간에게 배척당하지 않고, 인간들 속에서 인간들을 사랑하며 살아가고 싶어 한다. 하지만 아무도 그들에게 '인간 세계를 향한 입장권'을 끊어주지 않는다. 인간을 질투하지만 인간이 될 수 없는 존재라는 점에서 프랑켄슈타인은 복제 인간을 주인공으로 삼은 수많은 SF 영화의 문화적 기원이기도 하다.

 드라큘라와 프랑켄슈타인의 결정적인 공통점은 그들이

인간의 지식과 문화를 갈망한다는 점이다. 조너선은 드라큘라의 방대한 서재를 둘러보며 놀란다. 역사, 지리, 정치, 법학 등 '영국식 라이프 스타일에 관련된 모든 것'을 보여주는 영어로 인쇄된 책과 잡지, 신문들로 가득 차 있는 드라큘라의 서재. 드라큘라는 "이 책들이 나의 좋은 친구가 되어주었소. (…) 그것들을 통해서 '당신의 위대한 영국'에 대해 많은 것을 알았소"라고 말한다. 드라큘라는 런던의 북적이는 거리를 보통 사람들처럼 쏘다니고 싶고, 지금의 영국을 있게 만든 모든 것을 인간들과 공유하고 싶다고 말한다. 그는 교육받은 중산층인 조너선의 영어를 모방하고자 하고, 기득권 내로 영입되기 위해 '영국식 억양'을 포함한 표준어를 습득하려고도 한다. 자신의 조국에서는 귀족이지만 타국인 영국에서는 이방인일 수밖에 없는 드라큘라의 슬픔은 프랑켄슈타인의 고독처럼 대중화되지 않은 '비-인간'의 고통이다.

이곳에서 나는 귀족이오. (…) 보통 사람들이 나를 알고 있고, 나는 주인 노릇을 하고 있소. 그러나 낯선 고장에 몸 붙여 사는 식객은 보잘것없는 존재요. (…) 나는 이방인처럼 보이지 않고 다른 사람들과 똑같이 보이고 싶소. (…) 나는 아주 오랫동안 주인으로 살아왔기 때문에, 여전히 주인으로 남아 있고 싶은 거요.
아무리 못해도 다른 사람이 내 주인이 되는 것은 바라지 않소.

— 브램 스토커, 이세욱 옮김, 『드라큘라 상』,

열린책들, 2014, 41~42쪽.

우리가 그들을
두려워하는 이유

인간 옆에 살면서 인간에게 '공존'
을 요구하지만 결코 허락받을 수 없는 존재들. 인간이 그들
을 두려워하는 까닭은 단지 우리의 안전을 위협하기 때문이
아니라 스스로도 인식하지 못하는 사이에 우리가 '그들처
럼' 될까 봐일 수 있다. 우리 자신이 그들을 닮고 싶은 욕망
을 숨길 수 없기 때문이다. 드라큘라와 프랑켄슈타인은 우
리 안에 존재하지만 우리가 좀처럼 꺼내보기 싫어하는 암울
한 분신일지도 모른다. 우리 안의 괴물을 단지 삭제하고 억
압할 것이 아니라 때로는 똑바로 인식할 수 있을 때, 우리 안
의 괴물은 더 이상 '적'이기를 그치고 우리 안의 창조적 타인

으로 기능을 발휘하지 않을까.

  흥미로운 점은 이들에게 '인간과 다른' 면보다는 인간과 비슷한 면이 훨씬 더 많다는 것이다. 프랑켄슈타인과 드라큘라는 인간에게 전혀 없는 특성을 보여주는 존재들이 아니라 인간의 장점과 단점을 극대화하는 존재들인 것 같다. 프랑켄슈타인과 드라큘라는 인간의 마력과 인간의 슬픔과 인간의 고통을 극대화한 존재들이기에, 남에게 보여주기 싫은 우리 자신의 은밀한 욕망을 소름 끼치도록 생생하게 증언하기에, 더욱 두렵고 그리하여 더욱 매혹적이었던 것이 아닐까.

  그렇다면 나는 어떤 존재입니까? 내가 어떻게 만들어졌고 나를 만든 사람은 누구일까요? 그런 것에 대해 나는 아무것도 알지 못했습니다. 그러나 내게는 돈도 친구도 어떤 종류의 재산도 없다는 사실은 알고 있었습니다. 게다가 내 모습은 끔찍하게 흉측하고 혐오스러웠습니다. 나는 인간과 같은 본성을 가지고 있지도 않았습니다. 인간보다 더 민첩했고 더 거친 식사를 하면서 연명할 수 있었습니다. 아주 뜨겁고 찬 것에도 몸에 상처가 덜 났습니다. 키는 사람들보다 훨씬 더 컸습니다. 주변

을 둘러봐도 나 같은 사람이 있다는 소리를 듣지도 보지도 못
했습니다. 그렇다면 나는 모든 사람이 도망치고 관계를 끊어야
하는, 세상을 더럽히는 오점이자 괴물입니까?

— 메리 셸리, 이미선 옮김, 『프랑켄슈타인』,

　황금가지, 2018, 209쪽.

　　드라큘라가 매년 여름 다시 돌아오는 이유도, 창조주와
피조물, 주인과 노예의 관계를 역전시키는 다채로운 프랑
켄슈타인의 후손이 매년 새로운 SF 영화로 변신해 다시 돌
아오는 이유도 바로 이 '공포'보다 더 큰 '매혹'에서 비롯되
는 것이 아닐까. 우리가 '우리 자신과 매우 비슷하지만, 우리
를 위협하는 존재들'에 대한 공포를 버리지 못하기 때문이
아닐까. 아무리 퇴치해도, 아무리 죽여 없애도, 우리 안의 드
라큘라, 우리 안의 프랑켄슈타인의 본성은 사라지지 않으니
말이다. 그들은 '우리'를 삭제한 존재가 아니라 '우리'를 더욱
극대화한, 우리가 미처 인식하지 못하는 우리의 어두운 내
면을 실천하는 존재들인지 모른다.

10월의 화가

제임스
맥닐
휘슬러

제임스 맥닐 휘슬러

James McNeill Whistler

1834년 미국에서 태어났다. 화가
가 되기 위해 파리로 떠났고, 이후 영국에서 주로 활동하였
다. 회화의 음악적 요소와 색채의 조화를 강조하였고, 작품의
이름을 '하모니', '녹턴' 등으로 지었다. 1877년 존 러스킨은
「검은색과 금색의 녹턴: 떨어지는 불꽃」을 "대중의 얼굴에
물감 통을 쏟아부은 격"이라며 맹렬히 비난했고, 휘슬러는
그를 명예훼손으로 고소하지만 배상금은 겨우 1파딩이었으
며 잠재적 후원자가 줄어 1879년에 파산을 선언한다. 1886
년 영국 미술가 협회 회장으로 선출되었으나 보수적 회원들
과 맞지 않아 2년 만에 물러나고, 1880년대 후반에 이르러
예술가로서 국제적 명성을 얻는다. 1903년 사망한다.

도란도란
그날 우리가 나눈 다정한 대화들

지은이　　　정여울

2018년 10월 22일 초판 1쇄 발행

책임편집　　홍보람
기획 · 편집　선완규 · 안혜련 · 홍보람
기획위원　　이승원
디자인　　　형태와내용사이
타이포그래피　심우진 one@simwujin.com

펴낸이　　　선완규
펴낸곳　　　천년의상상
등록　　　　2012년 2월 14일 제2012-000291호
주소　　　　(03983) 서울시 마포구 동교로45길 26 101호
전화　　　　(02) 739-9377
팩스　　　　(02) 739-9379
이메일　　　imagine1000@naver.com
블로그　　　blog.naver.com/imagine1000

ⓒ 정여울, 2018

ISBN　　　　979-11-85811-64-2 03810